소아외과 교수 한석주

내 생애 최고의 수술

소아외과 교수 한석주 : 내 생애 최고의 수술

초판 인쇄 2026년 1월 2일
초판 발행 2026년 1월 19일

종이책 ISBN: 979-11-92775-38-8(03810)

| 저   자 | 한석주
| 취 재 편 집 | 이유진, 변문경
| 법 률 자 문 | 법무법인 수오재 박경란 변호사
| 교 정 교 열 | 문보람
| 표지디자인 | 이시은
| 내지디자인 | 오지윤(디자인 글로)
| 종   이 | 세종페이퍼
| 인   쇄 | 영신사
| 기 획 제 작 | 변문경, 스토리피아 ㈜메타유니버스
| 발 행 유 통 | 다빈치books
| 출 판 등 록 | 2011년 10월 6일 제2021-000061호
| 팩 스 번 호 | 0504-393-5042
| 문 의 메 일 | curiomoon@naver.com, storypia23@gmail.com

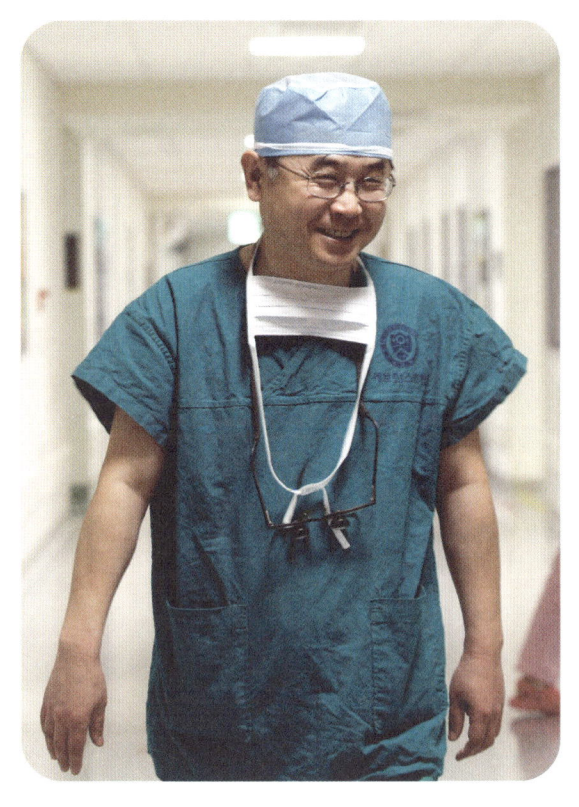

세브란스 어린이병원 소아외과 교수 한석주

내 생애 최고의 수술

목차

들어가며

어딘가에 신이 계시다면 한석주라는 사람의 인생을 설계할 때 방향은 직진, 공부는 깊이, 호기심과 일복은 최대한 그리고 작은 사건도 크고 요란하게 겪도록 하신 모양이다. 일이 없다고 소문난 곳에도 내가 가면 일이 많아진다. 병원이면 환자들로 북적이고, 가게도 어느 순간 손님으로 가득 차는 경험을 자주 한다. 그리고 65년을 살아오면서 내가 참여한 일들이 누군가의 기억 속에 남아 있는 뉴스거리가 된 경우도 많다.

일련의 일들이 신촌 연세대학교 세브란스병원에서 교수로 재직하다 퇴임한 이후 나를 서울고등법원 상임전문심리위원이라는 자리로 이끌었다. 상임전문심리위원은 법원에서 진행 중인 의료 소송에 대해 심리하고 의견서를 제출하는 일을 한다. 이상하게 법원에서 사건 심리를 하면서 하나둘 나의 과거가 더 선명하게 떠올라 정리한 내용을 책으로 엮어 출판하게 되었다. 내 삶의 동반자인 사랑하는 가족들, 환자들, 동료들에게 책을 바친다.

2026년 1월

한석주

1

결혼도, 일도 직진의 삶

세브란스 소아외과 교수에서 서울고등법원 상임전문심리위원이 된
의학박사 한석주의 조금은 특별한 삶의 기록

1.

결혼도, 일도 직진의 삶

　연세대학교 의예과 1학년, 내 나이 막 열아홉 살. 나는 태양보다 뜨거운 응원과 함성이 교차하는 젊은이들의 축제, 연고전 한가운데에 있었다. 야구 경기가 있던 날, 동대문운동장에서 나와 그녀의 운명적인 만남이 이루어졌다. 무언가 하나에 몰두하면 그 외에는 아무것도 보지 못하던 내 눈에 한 여인이 들어온 것은 처음이었고, 그렇게 내 인생의 동반자를 만나게 된 것이다.

　사람에게서 후광이 비친다는 말을 나는 그때 처음으로 이해했다. 사람들로 가득 찬 동대문운동장 관중석 계단에서 단 한 사람만이 보였다. 바람에 날리는 긴 머릿결, 수수하지만 단정한 옷차림, 눈빛이 매우 맑은 한 여대생에게서 나는 눈을 뗄 수 없었다. 연고전 야구 경기장의 함성 소리는 소거되었고, 내 심장 소리만이 귀에 들렸다. 나는 거의 생전 처음으로 맞닥뜨린 낯선 감정에 당황하는 중이었다.

　동기 이창걸이 그녀와 몇 마디 나누는 모습을 보면서 같은 연대생인가 보다 생각했고, 마치 자석에 이끌리듯 그녀의 옆으로 갔다. 나는 용기를 내어 말을 걸었다.

"저, 저기요!"

그 순간 내 목소리는 응원단장의 마이크 소리에 묻혔다.

"자! 모두 옆 사람과 어깨동무를 하세요!"

모두가 너나 할 것 없이 어깨동무를 시작했고 나도 얼떨결에 그녀와 어깨동무를 하게 되었다. 내 얼굴은 빨개지고 숨도 제대로 쉴 수 없었다.

"모두 종로로 행진합시다!"

그렇게 그녀와 어깨동무를 하고 걸었다. 걷는 내내 세상이 붉게 달아오르고 심장 뛰는 소리가 내 귀에 들리는 느낌이었다. 난생처음 느낀 강렬한 전율. 나는 어깨동무로 그녀에게 K.O.라도 당한 것 같았다. 뭐라도 말을 걸고 싶었지만 생각으로만 맴돌 뿐, 아무 말도 나오지 않았다. 나는 이창걸과 그녀가 이야기 나누는 것을 들으면서 그녀의 얼굴만 슬쩍 훔쳐보아야 했다. 종로까지 걸어가고 나서야 비로소 용기를 내어 그녀에게 말을 걸었다.

"무슨 과세요?"

"교육학과예요."

나의 서툰 호구조사는 그게 전부였는데, 꼭 다시 만날 수 있으리라는 확신이 들었다. 이공계 대학에서 4년간 배우는 주요 과목들을 의대에서는 예과 2년에 배운다. 연고전이 끝나고 다시 일상으로 돌아온 나는 다시 학교와 집을 오가고 있었다. 달라진 것은 종종 나의 발걸음이 교육학과가 있는 문과대 건물 근처로 이어졌다는 것이다. 제법 쓸쓸한 가을바람이 불어오기 시작했다. 캠퍼스의 나무들이 붉고 노랗게 물들어 갈수록 우연을 가장한 운명처럼 내 눈앞에 그녀가 나타나리라 기대하며 문과대 건물 쪽으로 걸어가서 서 있었다. 하지만 하루 이틀 시간이 지나도 '다시 보고 싶다'는 내 간절한 바람이 무색하게 그녀를 볼 수는 없었다. 나는 오기가 생겨서 아예 연세대학교 문과대 건물 앞을 매일같이 맴돌았다. 점심 먹고 산책, 저녁 먹고 산책, 우연히 마주칠 수 있을지도 모른다는 기대 하나로 말이다. 지금은 SNS가 있으니 그녀에 대해 찾아볼 수라도 있었겠지만, 당시는 집 전화밖에 없던 시절이었다. 야속하게도 운명 같은 우연은 없었고, 해가 바뀌어도 그녀를 찾을 수가 없었다. 깊은 그리움의 감정은 때때로 용기로 변하는 모양이다. 결국 나는 의대 동기였던 정익모에게 그녀에 관해 물었다. 행진하면서 살펴보니 정익모가 그녀를 아는 것 같았기 때문이다. 그의 대답은 나를 순간 멍하게 만들었다.

"우리 학교 아니야."

"아니라고?"

"숙대야, 숙대!"

그녀는 숙명여대 학생이었다. 정익모가 속한 정씨 성을 가진 79학번 연대 의대 동아리인 '정우회'라는 모임에서 숙대생들과 함께 MT를 갔었는데, 그 인연으로 숙대 동아리원들을 연고전에 초대했다는 것이다.

마치 흩어졌던 퍼즐 조각이 맞춰지듯 머릿속이 환해졌다.

'운명이 아닌 게 아니었다. 우리 학교였다면 벌써 만났겠지.'

당시 나는 정익모에게 그녀를 당장 만나게 해달라고 부탁했다. 내 심장이 강하게 요동쳤다. 그리고 마침내, 겨울이 깊어가는 종각 뒤편 조용한 골목 안에 자리한 '예그린'이라는 따뜻한 카페에서 우리는 첫 데이트를 했다. 평범한 장소에서 평범하게 이야기를 나눈 것뿐이었지만 나에게는 모든 것이 설레고 특별했다. 붉게 물든 노을을 바라보며 남산 계단을 함께 올랐고, 그날 이후 우리는 같은 미래를 바라보기 시작했다. 그렇게 첫사랑이자 마지막 사랑이 시작되었다.

내가 예과 본과를 다니는 6년 동안 차곡차곡 사랑을 쌓아간 우리는 당연하다는 듯 결혼하게 되었다. 당시는 소위 마담뚜라고 불리는 사람들이 의대생의 중매를 서는 결혼 문화도 성행하던 시절이었다. 동갑내기였던 그녀는 나보다 2년 먼저 졸업해서 사회생활을 시작했고, 우리는 1985년 1월 19일 본과 4년 졸업을 앞두고 결혼식을 올렸다. 내 동기 120명 중 내가 두 번째로 품절남이 되었다. 국가고시 합격 발표가 나기 몇 주 전이었다. 우리는 나의 본가에서 신혼살림을 시작했고, 나는 다행스럽게도 국가고시에 합격했다.

돌이켜 보면 공부하고 책 읽는 것을 좋아하던 학구적인 성향의 내가 대학 졸업 전에 첫사랑과 결혼에 골인한 것이 주변 사람들에게는 의외였던 모양이다. 이러한 직진남(밀고 당기기 없이 사랑을 향해 직진하는 남자), 외골수적인 삶의 방식은 우리 가족 특유의 기질이기도 하다. 나의 누나와 동생은 주변의 걱정을 무릅쓰고 장애가 있는 상대와 연애 결혼에 골인했다. 매형과 제수씨 모두 소아마비라는 장애를 지녔지만(참고로 당시 소아마비는 꽤 흔한 질병이었다), 그것은 사랑에 빠지고 결혼을 결심하는 데 전혀 걸림돌이 되지 않았다. 누나는 연세대 캠퍼스 커플이었는데 부모님의 반대에도 불구하고 끝끝내 사랑을 지키고 결혼했다. 나와 내 형제들 모두 조건보다 사랑을 중시하는 사람들이고, 주변의 설득이 통하지 않는 고집스러운 피가 흐르고 있는 것 같다.

물론 그 피를 물려주신 분은 우리 아버지시다. 평안남도 덕천읍이 고향인 아버지는 일제강점기에 말을 타고 다녔을 정도로 유복한 가정에서 자랐다. 서울로 유학 오셨다가 6.25 전쟁이 발발해 고향에 돌아가지 못하고 그대로 서울에 정착해 살기 시작했다. 공무원으로 재직하시던 아버님은 당시 만연했던 공직자들의 부정부패에 휘말리지 않고, 청렴하게 자기 일을 하셨다.

아버지께서는 부당한 일에 단호히 맞서며 당신의 신념을 지켜나갔다. 하지만 자신의 정의감 때문에 불의를 저지르는 동료들을 고발하자니 그 부양가족들의 생활이 걱정되었고, 그냥 모른 척하자니 양심에 가책이 되어 괴로워하셨다. 결국 아버지의 선택은 당신이 공직을 그만두시는 것이었다. 아버지는 현실의 부조리에 타협하지 않는 원칙주의자셨고, 이런 아버지의 곧은 성격과 삶의 태도는 내가 의사로서 올곧은 길을 걸어갈 수 있는 정신적, 유전적 길잡이가 되어준 것 같다.

그리고 오늘의 나를 있게 한 또 한 사람은 아내다. 내 삶의 길잡이가 되어주고 영원한 나의 편이 되어주고 있다. 나를 향한 그녀의 믿음과 응원 그리고 묵묵한 인내가 없었다면, 나는 신념대로 행동할 수 없었을 것이다. 쉬운 길보다 어려운 길을 택해 용기 있게 걸어갈 수도 없었을 것이다.

아내는 내가 레지던트 시절 두어 달 넘게 집에 들어가지 못하고 병원에서만 생활했을 때도 불평불만을 말하지 않았다. 오로지 위급한 환자를 우선으로 생각하라며 나를 격려해 주었다. 아내는 내가 병원에서 환자를 보살필 때 홀로 가정에서 두 아들을 품고 길러냈다. 어쩌면, 내가 아내를 선택한 것이 아니라, 그녀가 나를 선택해 준 것일지도 모른다.

아내와 연애 시절, 건국대학교 캠퍼스 호수 앞에서

카데바와의 만남과
군의관 시절 사건 사고

2.
카데바와의 만남과
군의관 시절 사건 사고

나는 어떤 사건과 사고를 접하든 '그럴 수 있어' 하며 덤덤하게 대한다. 누군가는 그런 나를 보면서 어떻게 그렇게 덤덤할 수 있냐고 묻기도 한다. 덤덤한 이유라고 한다면, 의과대학 시절부터 지금까지 자연스럽게 받은 극한의 훈련이 나를 비롯한 외과 의사들을 그 어떤 상황에서도 덤덤할 수 있게 했다고 생각한다. 이러한 개인의 성향이 처음으로 드러나는 시점이 바로 의과대학 본과 시절 해부학 실습이 아닐까 싶다. 바로 카데바Cadaver와의 첫 만남이다.

카데바, 즉 시신과 마주하는 실습실에서는 해부학 교실 조교가 학생들 군기부터 잡기 시작한다. 정신을 똑바로 차려야 충격도 덜 받고 수업에 집중할 수 있기 때문일까? 조교들은 시작부터 각종 트집부터 잡아서 실습실 분위기를 냉각시킨다. 내가 실습할 당시에도 별일 아닌 것에 조교가 불호령을 내려 초반부터 해부학 수업의 긴장감이 고조되었던 기억이 있다.

잔뜩 긴장한 학생들 앞에 놓인 해부대 위에는 알루미늄 뚜껑에 덮인 시신이 있다. 지퍼를 열면 시신의 모습이 드러난다. 맨눈으로 시신을 마주하는 순간, 드라마처럼 누군가 꼭 한 명은 실신한다. 그때 우리 조의 동기 여학생도 기절했는데, 나는 당시 시신을 보면서도 덤덤했던 것 같다. 이렇게 해부학 실습은 단순한 지식 습득을 넘어 의사로서 자질을 시험하는 첫 관문이자 기질이 선명하게 드러나는 시점인 것 같다.

지금도 의대는 힘들지만, 당시 나의 120명의 동기 중 약 30%가 본과 과정 중에 낙제했다. 낙제한 학생들은 다음 학년으로 올라가지 못하고 유급된다. 또한 선배 중에서도 낙제한 학생들이 내려오기 때문에 학년별로 120명에서 130명의 인원이 일정하게 유지되는 구조다.

대다수 동기들이 높은 성적과 부모님의 권유로 의대에 왔고, 머리 좋고 공부에 타고난 재능이 있었지만, 의사의 기질은 따로 있는 것 같다. 극복하기 위해서 아무리 노력해도 적성과 기질에 맞지 않아 자퇴하고 새로운 길을 찾는 이도 매년 상당수 있었다. 휴학하고 군대에 갔다가 마음을 다잡고 복귀하는 동기들도 있었고, 나름의 방황기를 거쳐 돌아오는 이들도 있었다. 돌이켜 보면 의과대학 예과, 본과에서 배우고 암기해야 하는 학습량은 엄청나고, 인턴 1년과 레지던트 4년을 거치고 군의관 생활까지 거치며 제대로 된 한 명의 의사로 성장하는 것은 참 길고도 험난한 여정임은 틀림없다.

군의관이 되다!

나는 79학번으로, 졸업 후 인턴 1년을 마치고 1986년에 군의사관학교 제19기로 군의관에 임관했다. 사실 나는 21살에 일어난 사고로 왼쪽 귀가 잘 들리지 않는다. 예과 때 연세대학교 스킨스쿠버 동우회에서 장비를 메고 강릉 바다에서 스쿠버다이빙을 하게 되었는데 9미터까지 직진하여 내려갔다가 왼쪽 귀 고막이 터졌다. 감기가 심한 상태에서 호기심에 무작정 깊이 들어갔던 것이 화근이었다. 호기심이 한번 일면 공부나 스포츠나 끝까지 해보는 근성은 예나 지금이나 같은 모양이다.

고막에 구멍이 난 정도면 자연치유도 되는데, 나는 시간이 지나도 상태가 좋아지지 않았다. 고막이 찢어진 상태에서 바닷물이 중이로 들어왔으니 지금 생각해 봐도 상태가 나아지기 어려웠을 것이다. 오래 치료받았는데도 회복이 되지 않아서 결국 중이를 다 들어내는 수술을 받았다. 청력은 회복되지 않았다. 오른쪽 귀는 잘 들리지만, 왼쪽 귀는 그저 멀리서 희미한 소리가 들리는 수준이다.

사람이 소리가 나는 방향을 알 수 있는 것은 양쪽 귀에서 들리는 소리를 조합하기 때문이다. 그런데 나는 왼쪽 귀가 들리지 않아 총소리가 나도 방향을 알기 어렵다. 원칙대로 하면 재검을 받고 면제를 받을 수 있는 상태였다. 하지만 대학에 입학하자마자 바로 군의사관 후보생이 되었던 나는 군의관이라 총소리가 나는 위치를 몰라도 문제없다고 생각했다. 무엇보다도 군대를 빠지겠다고 이것저것 알아보는 것이 귀찮고 싫어서 입대를 선택했던 것 같다.

역시 타고난 일복 때문인지 왼쪽 청력에 문제가 있다는 사실을 말했는데도 전방 의무중대로 배정받았다. 7사단 의무대대 의무실에 근무하면서 별의별 외상 환자를 다 만났다. 베이고, 부러지고, 저녁 시간 뱀에 물려서 오는 환자들 때문에 밤에 잠을 자기 어려운 날도 있었다.

환자가 된 의사

한번은 내가 환자가 된 적도 있다. 내 손가락 두 개를 잃을 뻔한 아찔한 사고였다. 무더운 여름날 대대원들이 상의를 벗고 군장을 멘 채 4킬로미터를 구보하는 훈련이 있었다. 나는 대대 병력 맨 뒤에서 구급차를 타고 따라가다가 병력이 모두 연병장에 들어와 그들의 건강에 문제가 없는 것을 확인하고는 의무실로 복귀했다.

내무반에 들어와 좀 쉬려고 하는데 일병 하나가 쓰러졌다는 연락이 왔다. 달려가 진찰해 보니 원인은 일사병이었다. 우선 연대 구급차를 불러서 사단본부 의무대로 이동하는데 병사가 구토를 하더니 경기를 하기 시작했다. 문제는 구토물이 기도를 막아 호흡이 멈추었다는 것이다. 이 경우 먼저 기도삽관(인투베이션Intubation)을 해야 하는데 당시 군대에는 통기관이라는 단순한 기구가 전부였고, 덜컹거리는 군용 앰뷸런스 안에서 부실한 장비로 기도삽관을 할 수는 없는 상황이었다.

나는 우선 차부터 멈추게 했다. 입을 열어보니 환자의 후두에 걸려 있는 토사물이 보였다. 이물질이 기도를 막은 모양이었다. 이물질을 제거

해야 하는데 차 안에 흡입기가 있을 리 없었다. 쓸 만한 장비라고는 내 손뿐이었다. 손가락을 집어넣고 환자 목에 걸린 음식물을 정신없이 뽑아내기 시작했다. 목의 이물질이 제거되니 기도가 열렸고, 환자가 캑캑거리고 숨이 돌아오던 그 찰나에 환자가 무의식중에 내 손가락 두 개를 꽉 물어버렸다. 나는 반사적으로 손을 빼긴 했지만 미처 덜 빠져나온 왼쪽 두 개의 손가락 끝은 환자의 앞니에 물려서 손톱 두 개가 뒤집히고 손가락 끝에서 피가 철철 흘렀다.

졸지에 그와 나의 처지가 바뀌었다. 좀 전까지 의사였던 내가 손가락 끝에 외상을 입은 환자로 신분이 전환된 것이다. 그런 상황에서도 나는 먼저 눈앞의 환자가 살 수 있겠다며 안도했고 그 기억이 아직도 생생하다. 군의관의 손가락 끝부분 절단 사고는 사단에 보고되었고, 위급 상황으로 판단되어 그 환자와 나는 헬기를 타고 춘천에서 북한강을 따라 국군수도병원으로 이송되었다.

엑스레이 결과 내 손끝 뼈는 다행히 손상이 없었으나 손톱과 손끝 살점이 떨어져 나가 병원에서 봉합 수술을 받았다. 그 와중에도 일사병 걸린 일병을 국군수도병원에 입원시키고 먼저 대대에 복귀할 수 있었다. 다음 사진은 당시 일사병 일병을 구한 후 통신장교와 함께 찍은 것이다. 내 두 손가락에 감은 흰 붕대가 선명하게 보인다. 사진 속 우리 뒤에 있는 차가 바로 일사병 걸린 일병을 싣고 간 군용 앰뷸런스이다.

사망 사고를 막은 데다 두 손가락을 다쳐서 돌아온 나에게 사단장은 포상 휴가를 주었고, 직접 나서서 표창장도 수여했다.

영광의 상처, 두 손가락으로 일사병 걸린 일병을 구하다.

얼마 지나지 않아 당시 대통령이었던 전두환이 표창장과 시계를 보내주었는데 지금은 어디로 갔는지 행방불명이다. 그렇게 3년 2개월 동안 다이내믹한 군의관 생활을 하며 나는 의사로서 큰 사건과 사고 없이 제대할 수 있었다. 대한민국의 남자라면 국방의 의무를 다해야 하며 군의관으로서의 경험은 나름대로 값진 경험이었다고 생각한다. 그리고 나의 두 아들도 모두 현역으로 군복무를 마쳤다.

세브란스 어린이병원 소아외과 교수 한석주
내 생애 최고의 수술

레지던트 시절 만난
항공기 화재 사고 화상 환자

세브란스 소아외과 교수에서 서울고등법원 상임전문심리위원이 된
의학박사 한석주의 조금은 특별한 삶의 기록

3.
레지던트 시절 만난
항공기 화재 사고 화상 환자

외과 의사들은 직업 특성상 종종 재난 영화에서나 나올 법한 처참한 광경을 볼 수밖에 없다. 응급의학과 의사들이 가장 그런 기억이 많겠지만, 나도 30여 년이 지난 지금까지 잊히지 않는 기억이 있다. 바로 화상 환자에 대한 기억이다. 나는 육군 군의관으로 38개월 의무복무를 마친 뒤 전역하고, 세브란스병원에서 외과 레지던트 1년 차로 수련을 시작했다. 당시에는 레지던트들이 3개월마다 외과 내 다른 전문 분야 교수님 밑으로 들어가 순회(로테이션)하며 일을 배우는 도제식 시스템이었다. 요즘에는 외과만 해도 여러 분과가 명확히 정해져 있지만, 당시에는 딱히 분과가 정해져 있지 않았다. 예컨대 A교수는 어린이 외과 환자에게 흥미가 있어 어린이 환자를 많이 보니 자연스럽게 A교수에게 어린이 환자가 모이게 되는 분과 이전의 원시 단계였다.

지금은 외과가 의사들 사이에서 흔히 말하는 3D 업종(기피 업종)으로 기피 분야가 되었지만, 당시만 해도 외과는 가장 인기 과목이었다. 외과 전문의 자격을 얻어 개업하면 불과 4~5년 만에 건물 한 채를 마련할 수 있다는 말이 돌 정도로 호황기였던 시절이다. 그만큼 외과 전공의 수련에 지원자들이 몰려들었고, 시니어 교수와 주니어 교수 아래에는 1년 차부터 4년 차까지 네다섯 명의 레지던트가 빼곡하게 자리를 채우고 열심히 환자를 보았다.

내 사수는 레지던트 2년 차 수련 중인 박희붕이라는 친구로, 군대를 갔다 온 나와 달리 그는 군대에 가지 않아서 나의 의과대학 후배였으나 의국 서열로는 내 직속상관이었다. 지금은 경기도 수원에서 '박희붕외과의원'을 운영하며 유방외과 전문의로 유명하다. 당시 2년 차였던 그가 내 사수 역할을 하면서 갓 전역하여 미숙했던 나에게 많은 것을 가르쳐주었다.

당시에는 응급의학과라는 과목이 존재하지 않았다. 응급실에 환자가 당도하면 인턴들이 환자의 상황에 따라 분류해 관련 분야 교수 밑에 있는 레지던트에게 연락을 취하고, 레지던트가 환자를 보고 필요하면 교수에게 보고하면서 치료가 이루어지는 시스템이었다. 그러니까 응급실에서 무슨 일이 터지면 1년 차 레지던트인 나에게 먼저 연락이 온다.

그리고 지금도 잊을 수 없는 날짜, 1989년 11월 25일. 당직을 서고 있는데 매우 위급한 화상 환자 두 명이 응급실에 들어왔다는 연락을 받았다. 비행기 화재 사고였다. 김포공항을 출발해 강릉으로 향하려던 대한항공기가 엔진 고장으로 이륙 직후 활주로에 추락하면서 동체가 바닥에 닿아 화재가 발생했고, 하필 막 출발해 연료가 충분했던 터라 불이 더 커졌다고 했다. 다수의 사람이 중경상을 입었다. 우리 세브란스병원에는 화상으로 중상을 입은 남녀 두 명의 환자가 이송되었다. 한 분은 연세대 공과대학 교수였고 한 분은 임신한 지 7개월 된 여성이었다.

일반적으로 화상은 1도, 2도, 3도로 나뉜다. 1도 화상은 피부의 가장 바깥층인 피부만 손상된 상태인데, 피부가 붉어지고 통증은 있으나 대개 7일 이내에 흉터도 남기지 않고 치유된다. 2도 화상은 표피와 피부 진피 일부까지 화상으로 인한 조직 파괴가 진행되어 물집이 생기나 이 역시 궁극적으로는 흉터가 남지 않는다. 그다음 3도 화상은 그 밑에 지방층 또는 근육층, 더 깊숙이 뼈까지 손상되는 깊이의 화상이다. 3도 화상을 입으면 흉터가 생기면서 흉측한 모습이 형성되고, 흉터 조직으로 관절 기능이 상실되기도 하여 피부 이식이 필요하다.

화상 환자는 전체 피부의 표면적 중 몇 %가 화상으로 손상을 입었는지가 생존에서 가장 중요한 요소이다. 당시 피부 이식은 환자 본인의 온전한 피부로 이식하는 경우가 대부분이었다. 타인의 피부 이식이나 타종의 피부 이식 혹은 인공피부 이식은 상상하기 어려웠다. 공대 교수의 경우 온몸의 95% 이상 손상된 데다가 기도 화상까지 입은 상태였다. 육안으로도 남아 있는 피부가 없어 생존은 어려워 보였다. 더 큰 문제는 이분이 화염을 들이마시면서 뜨거운 공기와 연기가 기도와 폐로 들어가 점막이나 조직이 타면서 급성 염증이 발생할 위험이 높은 상태라는 점이었다. 폐부종이 생겨 제 기능을 상실하게 되면 환자는 사망한다. 당시 1년 차인 나는 최소한 2일에 한 번씩 두 명의 화상 환자 모두에게 전신 드레싱을 해줘야 했다.

　공대 교수의 경우는 비행기를 탈출하는 과정에서 바닥을 딛고 서 있는 상태로 화염에 휩싸여 비행기 복도 바닥과 맞닿은 발바닥을 제외한 온몸의 95% 이상이 화상 부위였다. 화염을 들이마시면서 기도에도 화상을 입은 상태여서 매우 위중했다. 그의 팔은 마치 장작불에 구운 숯덩이 같았고, 매일 아주 조심스럽게 거즈에 식염수를 묻혀 드레싱을 하는데 손가락이 하나둘 부러져 나가던 충격적인 기억이 아직도 선명하다. 그나마 임신부는 공대 교수보다 조금 나아 체표면적의 70%가 화상을 입은 상황이었다. 응급실에 이런 화상 환자가 한 명만 들어와도 그 파트의 1년 차 레지던트는 드레싱을 하면서 24시간 환자 곁을 지켜야 한다. 그런데 한 번에 두 명이나 내게 배당되었으니 육체적·정신적으로 고달팠다. 전신 드레싱을 해주고 계속 바이털 추이를 지켜봐야 해서 제때 밥도 못 먹고 화장실도 못 가고 잠도 못 자는 하루하루가 이어졌다. 그 두 분의 환자에게 링거로 계속 마약성 진통제를 투약하고 있었는데도, 통증이 완전히 가시지 않는지 몹시도 고통스러워했다.

　일반적으로 주치의이신 교수님이 중환자실로 회진을 오시면 2년 차 박희붕 레지던트가 두 환자의 상태를 보고하게 된다. 하지만 당시 담당 교수님은 두 환자를 보러 중환자실로 회진을 오지 않으셨다. 환자가 어차피 생존할 확률이 없다고 냉정하게 판단한 것인지, 아니면 그 처참한 상태를 보고 본인의 외상후스트레스장애가 걱정되었던 것인지 모르겠지만, 결국 나와 사수였던 박희붕이 모든 의사 결정을 하는 상황이 되어

버렸다. 당시 나는 담당 교수에게 크게 실망했지만, 그 상황은 뜻밖의 기회가 되었다. 1년 차와 2년 차 레지던트가 화상 환자 치료 방법을 연구하면서 우리가 찾은 치료법을 정리하여 환자에게 곧바로 적용해 볼 기회를 얻게 된 것이다.

후배이자 사수인 박희붕은 상당히 학구적이고 성실한 사람이었다. 그는 "우리 둘이서 최선을 다해 보자"라고 나를 독려했다. 우리는 유사한 사례 연구를 찾아서 토론했다. 다행스럽게도 대한항공 측에서는 환자를 살리는 데 얼마가 들든 상관없으니 가능한 모든 처치를 해달라고 나섰고, 회사 직원도 병원에 상주하고 있었다. 전신에 화상을 입은 공대 교수는 피부 이식이 불가피했다. 피부는 체내 수분을 유지해 주는 기능을 하는데, 공대 교수에게 남은 피부 조직은 발바닥밖에 없었다. 그에게는 피부 이식만이 병원에서 할 수 있는 유일한 치료 방법이고, 마지막 희망이었다.

당시 미국에서 돼지 피부로 만든 인공피부가 막 개발되고 있었다. 우리는 논문을 근거로 환부에 돼지 피부를 이식해 보자고 제안했다. 환자의 가족들은 동의했고, 항공사에 미국에서 개발된 돼지 피부를 구해다 달라고 요청했다. 대한항공에서는 미국 병원을 직접 수소문한 뒤 항공망을 이용해 며칠 만에 돼지 피부를 공수해 왔다. 지금은 국내 식약청이 사전에 검증하지 않은 물질을 가져다가 치료에 쓰는 것을 엄격히 제한하고 있지만, 당시만 해도 그런 엄격한 규칙이 없었다. 항공기로 공수한 돼지 피부는 바로 우리 세브란스병원으로 배달되어 수술 재료로 쓸 수 있었다. 그사이 박희붕과 나는 수술 일자를 잡고 마지막으로 교수님께 보고했다. 그러자 그는 여전히 '뭐, 알아서들 해'하는 태도였다.

담당 교수님의 배려 아닌 배려로 레지던트 1년 차였던 나와 2년 차였던 박희붕, 이렇게 둘이서 돼지 피부로 만든 인공피부를 사람에게 이식하는 수술을 국내 최초로 시행하게 되었다. 피부 이식은 성공적이었지만 안타깝게도 이식수술 후 공대 교수는 흡입에 의한 폐 손상의 후유증으로 사망하셨다. 그제야 담당 교수님의 태도를 이해할 수 있었다. 교수님의 경험상 어차피 사망할 환자이기에 돌보지 않은 것이다. 환자는 최초 폐 손상으로 산소포화도가 유지되지 않아 어떤 방법을 쓰든 소생은 어려운 환자였다. 우리 둘은 어떻게든 그 환자를 살려보겠다고 최선을 다했기에 실망과 괴로움도 컸다.

박희붕과 나는 임신부 화상 환자라도 반드시 살려야겠다는 의지로 불타올랐다. 우리는 화상을 입은 임신부의 피부에 매일 드레싱을 했다. 생리식염수를 묻힌 거즈를 갈아주면서 손상된 피부 조직을 자연스럽게 떼어내야, 감염이 진행되지 않고 새살도 깨끗하게 돋는다. 하지만 생살을 긁어내는 이 과정에서 환자는 극심한 고통을 호소했다. 환자의 고통도 문제지만 드레싱 과정에서 피부의 수분이 날아간다. 화상 부위가 넓으면 많은 수분이 날아가기 때문에 드레싱 방법에 대한 개선이 절실히 필요한 상황이었다.

박희붕은 해외 논문을 보다가 월풀Whirlpool 욕조 속에서 화상 환자의 손상된 살을 물로 씻어낸 사례를 찾았다. 그는 물속에서 드레싱을 하면 피부의 수분이 날아가지 않으니 임신부에게 '월풀 요법'을 해보자고 제안했다. 당시 세브란스 재활병원에는 국내에서 유일하게 재활 치료용 월풀 수영장이 있었다. 25미터 정도 되는 제법 큰 규모였다. 여러 원인으로 관절이 굳어 잘 움직이지 못하는 환자들이 빙빙 회전하는 물속에서 부력을 이용해 물리치료를 받는 공간이었다. 재활병원의 협조를 받아 박희붕과 나는 국내 최초로 화상 환자에게 월풀 요법을 시행했다. 나는 2일에 한 번씩 수영복을 입은 채 임신부를 데리고 월풀 속으로 들어가야 했다. 인턴과 의대학생도 나를 도와 환자와 같이 소용돌이치는 물속에서 임신부와 같이 떠다니고는 했다.

임신부는 월풀 치료를 받을 때 더 심하게 고통을 느끼는 것 같았다. 아마 생리식염수가 아닌 맹물이다 보니 온몸이 더 쓰라렸을 것으로 생각된다. 하지만 그 큰 수영장을 생리식염수로 채울 수도 없는 노릇이었다. 보통 생리식염수로 드레싱을 하는 이유는 체액과 농도가 같아서 피부가 아픔을 덜 느끼기 때문이다. 눈에 물이 들어가면 뻑뻑하듯 환자는 맹물에 담겨 온몸으로 통증을 느꼈을 것이다. 우리가 월풀 드레싱을 하고 나면 오염된 물을 전부 빼내고 새 물로 가는 작업이 이어졌다. 지금 생각하면 매일 가로 25미터 수영장의 물을 교체하는 데 막대한 비용이 들었을 텐데, 당시 재활병원의 그 누구도 우리를 막지 않았다. 세브란스병원은 진정한 기독교 병원이었다.

다행히 임신부에게 적용한 국내 최초 월풀 요법은 대성공이었다. 이후 피부 이식 수술도 받고, 구축을 막는 성형수술까지 몇 차례 받아야 했지만, 기적처럼 생명을 건질 수 있었다. 안타깝게도 치료 도중 아기는 유산되었다.

이렇게 군대를 막 전역한 레지던트 1년 차의 3개월은 두 화상 환자와 함께 폭풍과도 같이 흘러갔다. 끔찍하고 강렬한 기억 때문일까? 지금도 가끔 임신부 환자가 어떻게 지내고 있을까, 잘 살고 계실까 문득 궁금해 진다.

제발 잘 살아주셨다면 고맙겠습니다. ─한석주─

세브란스 어린이병원 소아외과 교수 한석주

내 생애 최고의 수술

춘천 인성병원에서
최초 위전절제술 성공

세브란스 소아외과 교수에서 서울고등법원 상임전문심리위원이 된
의학박사 한석주의 조금은 특별한 삶의 기록

4.
춘천 인성병원에서
최초 위전절제술 성공

나는 의과대학 6년, 인턴 1년, 군의관 3년 2개월, 외과 레지던트 4년을 마치고 공부를 시작한 지 14년 만에 외과 전문의를 땄는데, 갈 곳이 없어 직장을 알아봐야 하는 처량한 신세가 되었다. 아들 둘을 키우는 가장이기도 했던 나는 모교 병원에서 소아외과 교수가 되어 학교에 남고 싶었다. 하지만 당시 모교 소아외과에는 펠로우[1] 자리가 없었다. 의과대학 2년 후배이자 이제는 고인이 된 이묘경 선생이 내가 3년의 군 생활을 하는 사이 먼저 소아외과에서 펠로우로 근무하는 중이었다. 당시 외과에서 펠로우는 대개 2년씩 했으니까, 내가 1년을 더 기다려서 그녀가 소아외과 펠로우를 마쳐야 내가 지원할 자리가 생기게 된다.

지금도 그렇지만 신촌 세브란스에서 펠로우를 하면서 논문도 쓰고 실력을 인정받아야 교수가 될 가능성도 커진다. 나는 자리가 날 때까지

---

1) 의료계에서 '펠로우(Fellow)'는 전문의 취득 후 세부 전공을 심화 수련하는 '임상강사(전임의)'를 뜻한다.

외부에서 기다리며, 임상경험을 쌓을 겸 우선 봉직의를 하려고 알아보고 있었다. 그때 외과학 교실 주임교수인 민진식 교수님으로부터 춘천에 있는 인성병원이라는 종합병원에서 봉직의를 뽑는다는 소식을 듣게 되었다. 6.25 전쟁 직후인 1955년 춘천에서 인성병원을 개원한 김면수 원장님은 세브란스병원 외과 의국의 대선배님이셨다. 외과 과장이 필요하다면서 주임교수였던 민진식 교수님에게 사람을 추천해 달라고 하셨던 모양이다. 민진식 주임교수님이 어느 날 조용히 나를 불러서 춘천에서 외과 과장이 필요하다고 하니 인성병원으로 가보라는 제안을 주셨다. 나는 그길로 추천서를 받아 인성병원에 지원서를 넣었다.

1995년 당시 인성병원

병원 측은 좋은 조건의 연봉과 함께 사택으로 새 아파트를 마련해 주었다. 아내는 서울 시댁에서 벗어나 둘만의 새로운 보금자리를 얻었다는 사실에 꽤나 기뻐했다. 그리고 인성병원에 출근을 시작한 지 얼마 되지 않았을 때의 일이다. 내과 송 과장이 위 전체를 떼어내는 수술이 필요한 위암 환자가 있는데 나에게 수술하겠느냐고 협의 진료를 요청해 왔다. 레지던트 시절 수련하면서 위암 수술을 집도하는 교수님들을 수없이 돕기도 하고, 4년 차 전공의 때에는 당시 위암의 대가인 이경식 교수님께서 위 전체를 제거하는 수술을 맡겨주셔서 위전절제술을 직접 집도하는 영광도 받아본 적이 있었다.

그러나 막상 위전절제술을 독립적으로 집도할 기회가 생기니 선뜻 해보겠다고 나서는 것이 두려워졌다. 환자는 서울로 가지 않겠다며 인성병원에서 수술을 받겠다고 나에게 매달렸다. 이제 레지던트를 갓 마친 전문의인 나에게 수술받겠다고 하는 데에는 서울까지 가는 것이 현실적으로 어려웠을 나름의 사정이 있었을 것이고, 춘천에서 수술하려면 인성병원이 최고라고 좋은 평판이 나 있었기 때문일 것이다. 김면수 원장님은 나를 신뢰해 한번 수술을 집도해 보라고 격려해 주셨다.

나는 마음을 다잡고 용기를 내서 수술을 시행했고 마침내 춘천에서 EEA 자동봉합기를 이용한 위전절제술Total Gastrectomy에 성공했다. 그 수술을 시작으로 춘천에서 실력을 인정받고 소문이 나면서 수술 환자가 증가하기 시작했다.

신이 한석주라는 사람과 그 일생을 설계할 때 첫째, 호기심을 넘치게 넣어주시고 둘째, 적극적인 성격을 가미해 주시고 셋째, 일복까지 넘치게 세팅해 주신 모양이다. 레지던트 시절 3개월씩 로테이션하며 수련할 때도 내가 배정된 분과는 일이 없다가도 생기는 기현상이 있어서 그 분과를 담당하는 수석 전공의는 내가 오면 한숨을 쉬었다. 그 덕분에 내가 단기간에 수많은 임상경험을 쌓기도 했지만, 집보다 병원에서 생활할 때가 많아서 집안일과 육아는 오롯이 아내의 몫이었다. 요즘 말로 독박 육아를 한 아내에게 지금도 항상 미안하고 고맙다.

의학 드라마를 보면 응급의학과가 있고 거기서 환자를 분류해 수술이 필요한 경우 당직 의사들을 각각 호출해서 수술 준비를 한다. 과거에도 그렇고 지금도 의사가 부족한 지방에서는 파트 불문 그날의 당직 의사가 응급실을 지키고 있다가 위급한 환자가 들어오면 집에 있는 외과 의사에게 호출한다. 그러다 보니 야밤에 집에서 잠을 자다가 뛰어나가는 날도 참 많았다. 상황이 이렇다 보니 뭔가 느낌이 불길한 날에는 그냥 병원에서 잠을 자는 셀프 당직을 서기도 했다.

그렇게 많은 수술을 할 수 있었던 건 젊기에 가능했던 것 같다. 그리고 또 하나, 다른 사람을 잘 믿지 못하고 내가 해야 직성이 풀리는 성격도 한몫한 것 같다. 내가 재직했던 인성병원은 현재도 24시간 응급실을 운영하며 지역 의료기관으로서 제 역할을 다하고 있다. 가끔 춘천에 갈 때면 꼭 그 앞을 지나며 젊었던 시절을 떠올린다. 손이 떨리지 않고 루페(확대경)를 끼지 않아도 눈이 환하게 보이던 그 젊은 시절의 나를 떠올리면 웃음이 나온다. 참 열심히 달려가서 열정적으로 수술하는 의사였다.

꼬치처럼 꿰인 사람

　외과 의사로서 기이한 사고를 당한 수많은 환자를 만났다. 춘천 인성 병원에서 외과 과장으로 보낸 1년이 채 안 되는 시간 속에도 유독 강렬한 기억들이 남아 있다. 춘천으로 갈 때 가족들과 함께 새로운 환경에 적응하며 지방 병원에서 평화로운 나날을 보낼 줄로만 알았다. 하지만 내 일복은 어디에서든 터진다. 어느 날 외래 진료 중 응급실에서 다급하게 전화가 한 통 왔다.

　"과장님, 응급 환자가 왔는데… 이 상황이… 설명하기가… 빨리 오셔야 할 것 같아요."

　전화를 끊고 서둘러 응급실로 내려갔다. 응급실 앞에 택시 한 대가 서 있었다. 택시 안을 들여다보니, 보고 있어도 믿기 힘든 광경이 눈앞에 나타났다. 택시 뒷좌석에 한 남자가 마치 폴더 폰처럼 접힌 채 있었다. 앉아 있는 것이 아니었다. 그냥 접혀 있었다. 머리와 다리가 서로 맞닿을 듯 몸이 완전히 반으로 접혀 꺾인 상태로 뒷자리에 있었다.

　"이게… 도대체 어떻게 된 겁니까?"

　나는 그저 말문이 막혔다. 환자를 응급실로 옮기며 자초지종을 들었다. 환자는 춘천 온의동 기찻길 건널목에서 기차에 치이는 사고를 당했다. 자살을 기도한 것인지 사고인지 알 수는 없지만, 그의 몸은 기차 바퀴와 레일 사이에 끼어 압축되어 버렸다. 가죽은 남은 상태였으므로 살아서 몸이 접힌 채 택시 뒷좌석에 태워진 것이다. 그런 사고에서 내장과 뼈가 멀쩡할 리 없다. 하지만 그는 분명히 숨을 쉬고 있었다.

신기하게도 사고를 당한 부위의 피부는 전혀 훼손되지 않은 채 그대로였다. 기차가 지나가는 충격과 마찰로 인해 내부는 압축되어 손상되었겠지만, 피부는 기차 레일에 눌렸어도 찢어지지 않았다. 이런 상황에서는 환자의 몸을 열어 손상된 내부 장기에 대대적인 수술을 할 수밖에 없는데, 내가 있는 인성병원의 인력과 장비로는 불가능했다. 다행히 춘천에 한림대학교 병원이 있어서 나는 환자를 구급차에 태워 급하게 그쪽으로 이송시켰다. 과연 그는 생존할 수 있었을까? 아쉽게도 뒷이야기는 듣지 못했지만 아마도 결과는 좋지 않았을 것 같다.

또 다른 충격적인 환자는 마치 꼬치어묵처럼 철근에 등을 꿰뚫려 병원에 실려 온 남성이었다. 그는 공사 현장에서 일하다가 철근이 솟아 있는 공사장으로 떨어졌고, 철근이 등에 꽂혔다. 함께 일하던 사람들이 용접기로 철근을 자른 다음 그대로 환자를 응급실로 데려왔다. 철근은 그의 엉덩이 쪽으로 들어가 몸을 관통해 목 뒤로 튀어나와 있었다. 환자를 본 순간, 나는 영화의 한 장면을 보는 것처럼 매우 비현실적인 상황이라고 생각했다.

의학적으로 설명하자면 관통상인데, 관통상은 총알이나 칼처럼 날카로운 물체가 신체를 뚫고 지나가는 것을 말한다. 손상 범위가 작으면 출혈이 적을 수 있지만, 중요한 장기나 혈관을 건드렸다면 철근을 제거했을 때 환자가 사망에 이를 수 있다. 하지만 잠시 후 나는 놀라운 엑스레이 결과를 보게 되었다. 환자의 엑스레이와 CT 촬영 영상에서 철근이

기가 막힐 정도로 환자의 모든 주요 장기와 신경, 혈관과 뼈를 비껴서 꽂혀 있었다. 철근이 몸의 중요 기관과 조직을 교묘히 피해서 박혀 있는 것을 보며 나는 천만다행이라는 생각에 웃음만 터져 나왔다. 환자는 내 표정을 보고 이게 무슨 상황인가 싶었을 것이다. 나는 환자에게 전신마취를 한 뒤 그의 몸에서 철근을 빼고 파상풍 주사를 놓는 비교적 '간단한' 수술을 할 것이라고 설명해 주었다. 하지만 수술실에서 전혀 예상치 못한 난관에 부딪혔다. 철근이 목 뒤부터 엉덩이까지 너무 단단히 박혀 있어 혼자서는 아무리 당겨도 꿈쩍을 하지 않는 것이었다.

당시 인성병원 수술실에는 의사나 간호사는 아니지만 '화이트가운'이라고 불리는 수술실 어시스턴트가 있었다. 외과 수술은 그 특성상 힘이 필요할 때가 많은데 그때마다 화이트가운의 도움을 종종 받는다. 그가 환자를 잡고, 나는 수술실 망치로 철근 한쪽을 땅땅 두드리기 시작했다. 칼을 쓰지 않는 외과 수술이었다. 드디어 철근이 움직이기 시작했고 어느덧 환자의 몸에서 쑥 빠져나왔다. 예상대로 큰 출혈도 없었다. 그가 천운을 타고났다고밖에는 이 상황을 표현할 방법이 없었다.

감염 예방을 위해 상처 부위에 배액관Drain을 삽입했다. 배액관은 체내에 고인 피나 진물을 체외로 배출시켜 염증을 막는 역할을 한다. 처치해야 할 것은 그것뿐이었다. 나는 환자 보호자들에게 상황을 설명했고 입원한 환자는 며칠 후 퇴원했던 것으로 기억한다. 끔찍한 사고에 비해 철근 제거 외에는 별로 치료할 것이 없는, 정말 의학(醫學)이 아닌 운(運)으로 생존한 사례였다.

벼락 맞은 장관 부인

반면에 정말 운이 좋지 않은 환자도 보게 되었다. 1993년, 나는 열심히 수술에 매진하여 춘천에서 제법 수술 잘하는 의사로 소문이 나고 있었다. 특히 충수돌기염(맹장염) 수술을 하루에도 몇 건씩 진행하며 바쁜 나날을 보냈다. 어느 토요일 저녁, 응급수술을 하고 서울에서 열리는 수련 동기 모임에 참석하기 위해 병원을 나서던 참이었다. 바깥에 비가 꽤 많이 내리고 있었는데 응급실에서 다급한 연락이 왔다.

"과장님, 환자가 들어왔는데 어레스트(심정지)입니다."

응급실로 내려가니 내과 과장이 심폐소생술을 하는 중이었다. 환자는 중년 여성이었는데, 심전도만 봐도 심근경색과 유사한 증상이었다. 하지만 자세히 보니 목에 새카맣게 탄 흔적이 목걸이 모양이었다. 그 환자는 비 오는 날 춘천 CC에서 골프를 치다가 목걸이에 벼락이 떨어졌다고 한다.

'전기 화상'은 전류가 인체를 통과하며 발생하는 화상으로, 피부 겉으로 보이는 상처보다 내부 장기 손상이 훨씬 심각한 경우가 많다. 특히 심장은 전기적 신호로 움직이는 기관이므로, 벼락과 같은 고전압에 직접 노출되면 치명적인 손상을 입을 수 있다. 골프장에서 비 오는 날 골프를 치다가 금목걸이 때문에 벼락을 맞고 전기 충격으로 심근이 괴사한 것이다. 환자가 목에 걸고 있던 금목걸이, 금은 가장 강력한 도체이기에 벼락은 금목걸이를 타고 온몸에 전달되었고, 가까운 심장근육 일부가 전기로 타버리는 치명상을 불러왔다.

'비가 추적추적 내리는 골프장에서 금목걸이에 벼락을 맞다니!'

그간 봐왔던 사고 중 가장 어이없이 당한 사고라는 생각이 들었다. 이 환자가 그날 굵은 금목걸이를 하고 있지 않았다면 벼락을 맞을 일도 없었을 것이다. 게다가 그 환자는 당시 모 장관의 부인이라는 것도 곧 알게 되었다. 그녀의 남편에게 부인이 위독하다는 연락을 취했고, 남편이 도착할 때까지 나와 내과 과장은 전전긍긍하며 환자의 상태를 안정시키기 위해 노력했다. 결국 나는 서울에서 예정되어 있던 수련 동기 모임에 참석하지 못하고 장관의 도착을 기다리는 신세가 되었다.

얼마 후 장관이 도착해서 부인의 상태를 들은 후 즉시 환자를 서울로 옮기겠다고 했다. 나는 환자의 심장 상태가 현재 매우 좋지 않으며, 서울로 이송하는 과정에서 사망할 수 있다고 솔직하게 이야기했다.

"환자를 일단 지켜보고 2~3일 후 안정되면 서울로 모시지요. 지금은 절대 움직이면 안 됩니다."

그러나 남편은 단호하게 서울로 가겠다고 했다. 나는 그 남편이 지역 병원 의료진을 신뢰하지 못하고 있다는 인상을 받았다. 그래서 정 불안하다면 이곳에서 15분 거리에 있는 한림대학교 병원으로 이동하시라고 권했다. 하지만 그는 한림대학교 병원도 신뢰할 수 없었던 모양이다. 결국 다음 날 아침 그는 아내를 퇴원시켜 구급차를 타고 서울로 향했고, 불행히도 나의 경고는 현실이 되었다. 구급차 안에서 심폐소생술을 받으며 경춘가도를 달리던 중 환자가 사망했다고 한다.

　얼마 지나지 않아 나는 모교인 신촌 세브란스병원에 펠로우 자리가 생겨 서울로 돌아오게 되었다. 사실 지방에 있는 의사든 서울에 있는 의사든 실력 차이가 크게 나지는 않는다. 중요한 것은 의사가 환자를 대하는 태도라고 생각한다. 아무래도 서울로 와서 치료받으려는 수요가 많다 보니 서울에 있는 상급종합병원은 몇 달씩 대기가 걸려 있고, 지방 병원은 의사도 못 구해서 난리다. 여기서 말하고 싶은 것은 그 의사가 몸담은 병원의 위치나 명성이 그 의사의 실력을 대변하지 않는다는 것이다. 어디든 의사의 실력과 정성은 환자들에 의해서 소문이 난다. 지금처럼 인터넷을 통해서 정보가 빠르게 공유될수록 더더욱 그렇다. 결국은 의사의 실력과 환자에 대한 진심 그리고 의사를 신뢰하는 보호자의 마음이 환자를 소생시킬 수 있을 것이다.

세브란스 어린이병원 소아외과 교수 한석주
내 생애 최고의 수술

샴쌍둥이 분리 수술,
유리 유정이 그 후

세브란스 소아외과 교수에서 서울고등법원 상임전문심리위원이 된
의학박사 한석주의 조금은 특별한 삶의 기록

5.
샴쌍둥이 분리 수술,
유리 유정이 그 후

의사로서 가장 기억에 남는 일을 물어보면 나는 주저 없이 유리와 유정이 수술이라고 답한다. 우리 팀에서 흉복부결합형Thoracoomphalopagus 샴쌍둥이(이하, 융합쌍생아) 분리 수술을 진행했던 아이들이다. 퇴직한 지금도 가끔 그 아이들의 분리 수술을 머릿속으로 복기하는 나를 발견하곤 한다. 분리에는 성공했지만 내 인생에서 여전히 아쉬움과 미안함이 남는 수술이다.

융합쌍생아는 약 5만 명의 분만아 중 한 명꼴로 탄생한다. 확률적으로 보면 우리나라는 융합쌍생아 탄생 소식이 1년에 한 명에서 두 명 정도는 나와야 한다. 하지만 최근 이런 소식이 들리지 않는 것은 태아 기형아 검진 시스템의 발달과 영상의학의 발전과 관련이 있다. 임신 초기에 융합쌍생아가 의심되면 대개 임신중절을 선택한다. 하지만 30여 년 전만 해도 영상의학 기술의 한계로 융합쌍생아가 태어났고, 이들의 탄생과 분리에 관한 이야기는 종종 매스컴에서 이슈가 되었다.

1994년에서 1995년 당시 나는 외과 전문의를 마치고 소아외과 교수로 살기로 마음먹고 춘천 인성병원에 잠시 있다가, 황의호 교수님 밑에서 펠로우를 하고 있었다. 황의호 교수님은 우리나라 소아외과의 개척자로, 대한소아외과학회 창립 멤버이면서 초대 회장을 맡으셨으며 연세의대 학장도 역임하신 분이다.

1990년대에는 황의호 교수님께서 소아외과 교수로서 최고의 전성기였고 그분께 수술받기 위해 전국에서 환아와 그 가족들이 신촌 세브란스병원으로 몰려들었다. 식도나 항문이 없는 신생아들은 태어나는 순간부터 응급환자였으며 소아외과 의사의 도움이 즉각적으로 필요했다. 당시 소아외과 펠로우였던 내가 몰려드는 수많은 환자를 수술할 기회를 얻게 되었다. 지금도 나는 내가 그분 아래에서 수련한 것이 소아외과 교수로서 최고의 행운이라고 생각한다.

펠로우 시절 매일 전국에서 밀려오는 어린 환자를 수술하고 치료하느라 집에 들어가지 못하는 날이 허다했다. 하지만 최단기간에 다양한 수술을 경험했고, 응급수술도 집도하며 타 대학병원의 소아외과 펠로우에 비해 월등히 많은 소아외과 환자 임상경험을 쌓을 기회를 얻었다. 항문이 없는 신생아를 하루에 세 명 수술한 날도 있고, 밤에는 신생아 중환자실에서 아기들의 상태를 체크하고는 했다. 수술해야 하는 환아와 최대한 비슷한 사례를 보고한 논문을 찾아 읽으며 밤을 새우는 날이 계속되던 어느 날이었다.

고려병원(현, 강북삼성병원)에서 융합쌍생아가 태어났다는 소식이 들려왔다. 융합쌍생아는 서로 신체 일부가 붙어 태어난 경우를 칭하는 것인데, 처음 세계에 공식적으로 보고되어 알려진 증례가 태국이어서 샴쌍둥이라고도 부른다.

샴쌍둥이는 융합된 부위에 따라 여러 가지로 분류된다. 이 중 흉결합쌍둥이Thoracopagus는 주로 흉부(가슴)가 붙어 있는 형태로 심장, 폐 등 주요 장기를 공유하는 경우가 많아 분리 수술이 어렵다. 복부결합쌍둥이Omphalopagus는 복부가 붙어 있는 형태로 간, 창자 등 복부 장기를 공유하는 경우로 이 역시 쉽다고 할 수 없다. 좌골결합쌍둥이Ischiopagus는 골반이 붙어 있는 형태로 장기 중 대장이나 비뇨기계, 생식기 등 민감한 부분을 공유하므로 이 경우도 그 나름대로 수술이 까다롭다. 둔결합쌍둥이Pygopagus는 엉덩이가 붙어 있는 형태로 척추 하부나 항문, 일부 생식기를 공유할 수 있어 역시 쉽지 않다. 마지막으로 두개결합쌍둥이 Craniopagus는 머리(두개골)가 붙어 있는 형태로 두개골, 뇌 조직 일부를 공유할 수 있으며 분리 중 사망할 수 있어 평생을 샴쌍둥이로 지내야 하는 경우가 많다. 고려병원에서 태어난 쌍둥이는 흉복부결합형으로 가슴과 복부가 모두 붙어 있는 형태였다.

지금은 삼성병원 계열로 바뀌었지만, 강북삼성병원의 전신인 고려병원 의료진은 세브란스병원 출신이 대다수이기에 황의호 교수님께 대처 방법을 묻기 위해서 연락이 왔다. 결국 아이들은 우리 병원으로 옮겨 오게 되었다. 그사이 융합쌍생아의 어머니는 아이들에게 유리와 유정이라는 예쁜 이름을 이미 지어주었고, 분리 수술을 받겠다는 긍정적 의지가 충만해 희망이 가득한 얼굴로 응급실에 도착했다. 그러나 나는 천진하게 서로 마주 보고 붙은 채로 젖병을 빨고 있는 아이들을 처음 보는 순간, 이 아이들을 어떻게 해야 모두 행복해질 수 있을까 큰 과제를 안게 되어 무거운 책임감이 느껴졌다.

나는 논문을 찾아 정리한 다음 스승님께 보고를 드리고 나름대로 공부하며 대책을 세우기 시작했다. 그때까지 나의 스승님은 아주 특이한 융합雙생아Conjoined Twins를 한 번 경험한 적이 있었고, 다행히 내가 스승님의 이 경험을 정리하여 국제 소아외과학회지 중 가장 권위 있는 대표적 학회지인 <Journal of Pediatric Surgery>에 논문으로 보고를 한 적이 있었다. 이 증례로 논문을 작성하는 과정에서 나는 융합雙생아에 관한 이론적인 공부는 이미 되어 있는 상태였다. 하지만 흉복부결합형 융합雙생아Thoraomphalopagus Conjoined Twins의 분리 수술을 준비하기 위해서는 정말 많은 공부를 해야 했다. 문헌 고찰을 해보니 세계적으로 열세 쌍의 흉복부결합형 융합雙생아 중 아홉 쌍만이 분리 수술을 받았으며, 그중 다섯 쌍만이 생존해 흉복부결합형 융합雙생아 분리 수술 후 생존율은 절반이 조금 넘는 수준이었다.

사실 융합雙생아 중에서 흉부결합형은 머리가 붙어 있는 두개융합雙생아 다음으로 생존율이 낮다. 그 이유는 심장과 폐 등 주요 장기를 공유하고 있는 경우가 많기 때문이며, 특히 심장을 공유하는 경우 분리 수술 자체가 불가능하다는 것이 정설이다. 따라서 우리 팀은 유리와 유정이가 서로 심장을 공유하고 있는지 확인하는 것이 가장 중요했다. 다행히 두 개의 심장은 매우 밀접하게 가까이 있었지만 융합되어 있지는 않은 것으로 보였다.

우리 팀은 수술이 가능할 것으로 판단하고 분리 수술을 하기로 했다. 이제 남은 것은 수술 시기를 정하는 것뿐이었는데, 일단 신생아 시기인 출생 1개월이 지난 후에 결정하는 것으로 정리되었다. 유리와 유정이를 키우면서 수술 시기 결정을 기다리던 중, 아이들이 성장하면서 융합으로 인해 척추가 활처럼 뒤로 휘어지는 척추전만증Hyperlordosis이 심해지는 것이 관찰되었다. 황의호 교수님은 아이들의 뼈와 기관의 유연성이 떨어지기 전에 분리하는 것이 좋겠다는 생각으로 수술을 서두르기 시작하셨다. 나는 그동안 준비한 자료와 세밀하게 작성한 수술 계획을 보고했다. 황의호 교수님은 내가 얼마나 많은 준비를 해왔는지를 알아보시고는 나에게 전체 진행을 맡기시려는 듯 의견을 물으셨다.

"네가 준비할 수 있겠냐?"

"네. 할 수 있습니다."

자신감 있는 대답이 바로 튀어나왔다.

황의호 교수님은 나를 신뢰한다는 표정으로 말씀하셨다.

"그럼 해보자!"

"네!"

황의호 교수님의 결정으로 아이들은 생후 3개월경 세브란스병원에서 수술하게 되었으며, 나는 그 수술의 전 과정을 전담해 준비하게 되었다. 당시 황의호 교수님은 의과대학교 학장이라 교내 회의 일정도 많았고, 대외적으로는 우리나라 응급의학 시스템을 만들고 계셨기에 외부

활동으로도 바쁘셨다. 유리와 유정이 케이스의 수술 준비부터 팀 미팅까지 거의 내가 도맡게 되었다. 퇴근도 포기한 채 나는 유리와 유정이 수술을 체계적으로 준비했다. 나는 호기심이 많고 집요하게 파고들어다 알 때까지 공부하는 성격이다. 유리, 유정이 분리 수술 전 나는 그 어떤 질문에도 답이 술술 나올 정도로 융합쌍생아 전문가가 되어 있었다.

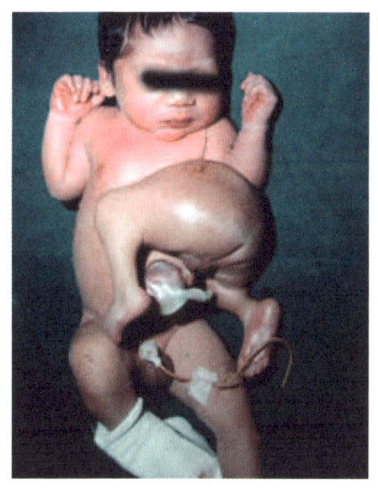

수술 전 모습
아주 드문 경우로 한쪽 아기의 상체인 기생체는 출생 전 소실된 상태임. 기생체의 제거로 간단히 수술은 종료됨

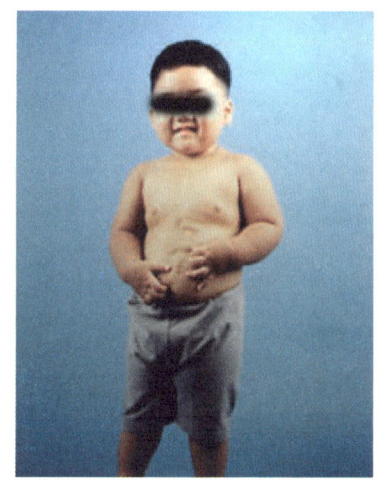

수술 후 모습
수술하고 약 2년 후의 모습. 복부에만 약간의 반흔이 남아 있을 뿐 모든 장기의 기능은 정상임

1996년 세브란스병원에서 보고한 기생융합쌍생아(Heterophagus)

여러 번 회의를 거쳐 분리 수술 방식을 확정하고, 수술 직전 정밀검사를 시작했다. 당시에도 우리 병원에는 가장 최신 장비들이 모두 들어와

있었다. 심장초음파검사, 혈관조영술, 컴퓨터단층촬영, 자기공명영상 촬영을 진행했다. 특히 심장에 대해서는 정밀하게 여러 번 검사했는데, 그 이유는 유리와 유정이가 조금이라도 심장을 공유하고 있다면 수술 후 생존을 보장하기 어렵기 때문이었다. 심장을 공유하고 있는 경우에도 융합쌍생아 분리 수술을 하는 경우는 크게 두 가지다. 한 아이라도 살리지 않으면 둘 다 목숨을 잃는 위급한 상황이거나, 한 아이가 다른 한 아이에게 불완전하게 기생하는 형태로 태어난 경우다.

우리는 쌍둥이의 심장 상태를 가장 면밀하게 확인할 필요가 있었다. 심방이나 심실, 판막에 이상이 있다면 수술 후에도 문제가 발생할 수 있으므로 심장초음파검사Echocardiography부터 진행했다. 심장초음파검사는 심장의 구조와 기능을 초음파로 확인하는 검사이다. 다행스럽게도 심장초음파 검사 결과, 두 아이의 심장근육 극히 일부가 물리적으로는 붙어 있지만, 내부는 완전히 분리되어 있다는 소견이 나왔다. 그리고 특별히 다른 심장 이상은 발견되지 않았다.

다음으로 컴퓨터단층촬영CT, Computerized Tomography을 시행했다. 이 검사는 인체 내부를 단면 이미지로 보여주는 방사선 검사로, 여기서도 두 아이의 심장 자체는 가까이 붙어 있지만, 내부는 분리되어 있어서 수술로 분리가 가능하리라는 소견이 나왔다. 마지막으로 자기공명영상 MRI, Magnetic Resonance Imaging은 자기장을 이용해 인체 내부를 고해상도로 영상화하는 검사법인데, 거기서도 두 아이의 심장이 기능적으로 분리돼 있다는 판독 결과가 나왔다.

우리는 수술 날짜가 다가올수록 과거 타국에서 경험하고 학회지에 보고된 아홉 쌍의 분리 수술 사례까지 빠짐없이 검토했다. 분리 성공률과 생존율을 높이기 위해 자료를 토대로 수술 계획을 더 고도화했으며, 수술 시 마취 방법과 발생할 수 있는 응급 상황의 대처 방법도 논의했다. 이렇게 최종 수술 계획을 완성하고 다음 단계로 수술 후 환자 관리에 관한 연구를 시작했다. 수없이 머릿속으로 시뮬레이션을 하면서 수술이 실패할 확률은 거의 없다고 생각했기 때문이다. 시간과 노력을 많이 들인 만큼 수술 결과에 자신이 있었다. 환자 관리에 대한 논문을 보던 중, 분리 수술이 성공해도 이후 자발호흡이나 성장 과정에서 장애를 갖게 되는 케이스가 많이 보고되고 있는 것을 알게 되었다.

　고민 끝에 나는 논문에 나와 있는 후유증 사례를 근거로 수술 시기를 좀 늦췄으면 한다고 교수님께 말씀드렸다. 수술 준비는 다 끝났지만 백일이 갓 지난 아기들이 이 큰 수술을 체력적으로 견뎌낼 수 있을지 걱정이었다. 즉석에서 교수님과 토론이 이루어졌다. 나는 해외 임상 사례를 예로 들어 흉벽 피부 아래에 공기주머니를 넣고 피판을 형성해 분리된 결손 부위의 연부 조직 부위를 피판으로 덮고, 골격 결손 부위도 레진을 넣어 재건한 경우를 보면, 흉부융합쌍생아는 폐활량을 늘리는 것이 관건이라고 말씀드렸다. 그래서 유리, 유정이의 폐와 흉곽이 더 성장한 뒤에 수술하면 좋겠다고 조심스럽게 의견을 내놓았다.

　하지만 황의호 교수님의 생각은 달랐다. 그간 수많은 소아 수술 경험상 흉부 수술은 빨리 할수록 유연한 성장이 가능하므로 오히려 자연스럽게 흉곽이 회복과 성장을 거듭할 수 있을 거라고 말씀하셨다. 황의호 교수님은 이미 수술 준비가 끝났으니, 예정대로 수술을 그대로 진행하자고 말씀하셨다. 교수님의 임상경험을 근거로 한 의견에 나는 반박할 짬밥이 되지 않는 펠로우였다. 그래서 나는 동의하고 예정된 대로 수술을 준비하게 되었다.

1995년 2월 24일로 수술 날짜가 확정되었고, 황의호 교수님이 집도하고 영동 세브란스병원 소아외과 최승훈 교수가 공동 집도를 하는 방식으로 수술 계획이 완성되었다. 융합쌍생아는 분리되는 순간부터 두 명의 환자가 되기 때문에 혼자가 아닌 두 명의 의사가 동시에 수술해야만 한다. 또 분리된 부분의 재건과 봉합을 동시에 진행해야 하니 결국 연결된 두 개의 수술실과 두 명의 집도의, 두 팀의 수술팀, 두 팀의 마취팀, 두 팀의 수술 간호팀이 필요했다. 나는 수술에 참여하는 모든 팀을 모은 다음, 접착제를 사용하여 융합시킨 인형 모델을 가지고 수술 리허설을 시행했다.

수술 전날까지 내 머릿속에서 유리, 유정이 수술 과정을 수백 번은 시뮬레이션한 듯하다. 사실 그 이후 현직에 있을 때도 그 수술을 복기하는 습관이 남아 있었고, 퇴직한 지금도 당시 수술을 가끔 복기하는 것을 보면 그날의 무거운 책임감과 압박감이 대단했던 것 같다. 유리와 유정이가 분리되고 나면 팀이 둘로 나뉘어 아이들의 가슴 부위 봉합 수술을 진행해야 하므로 나는 각종 라인이 어떻게 이동해야 할지와 수술팀의 숫자와 동선까지 하나하나 체크했다.

1995.02.24. 분리 수술

우리 팀은 아침 7시부터 두 개의 연결된 수술방에서, 준비된 매뉴얼 대로 수술을 준비했다. 예상은 했지만, 그날의 수술실은 정말 발 디딜 틈도 없었다. 평소 수술방 안에서는 열 명 이내의 인원이 움직이는 게 보통이다. 하지만 유리, 유정이 수술 당일에는 총 서른 명이 넘는 수술 팀원이 연결된 두 개의 수술방에 배치되었다. 게다가 방송국 카메라까지 들어와 수술 장면을 촬영하고 있었다. 나는 그 상황에서 수술 진행 전 과정과 수술실 안을 오가는 사람들까지 통제하느라 진땀을 빼야 했다. 결국 공간적인 문제로 나중에는 방송국 카메라를 밖으로 내보내야 했다.

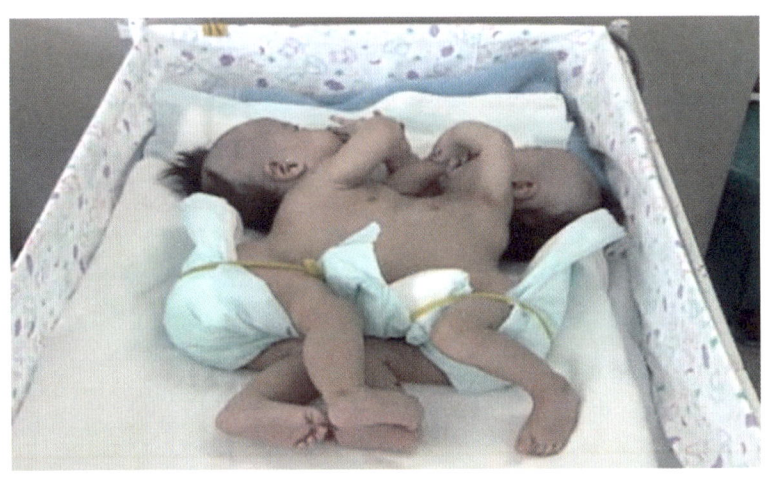

유리, 유정이 사진. 융합된 부위가 흉골의 상단부터 시작해 배꼽까지였다.

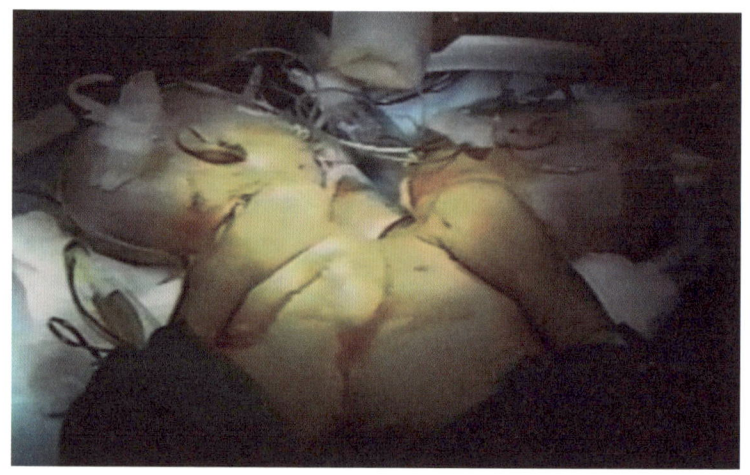

수술실에서 유리와 유정이 마취 장면

출처: KBS 뉴스2)

수술의 시작 단계에서 아이들의 전신마취
가 시작되었다. 마주 보고 있는 두 아이의 기
도에 마취 튜브를 연결하고 산소와 마취제를
공급해 전신마취 상태를 유지해야 했다. 아이
들은 기도관Intubation Tube 각도부터 일반 환자
와 달랐고, 나중에 분리된 후 한 아이를 옆방

KBS 뉴스 보도 영상

으로 이동시킬 때 마취 장치와 라인들이 안정적으로 유지될 수 있도록
하느라 애를 먹었다. KBS 뉴스 보도 영상 통해 현장을 볼 수 있다. 다행
스럽게도 마취가 안정적으로 되었고 붙어 있는 흉부의 절개가 본격적
으로 시작되었다.

---

2) https://news.kbs.co.kr/news/pc/view/view.do?ncd=3748614

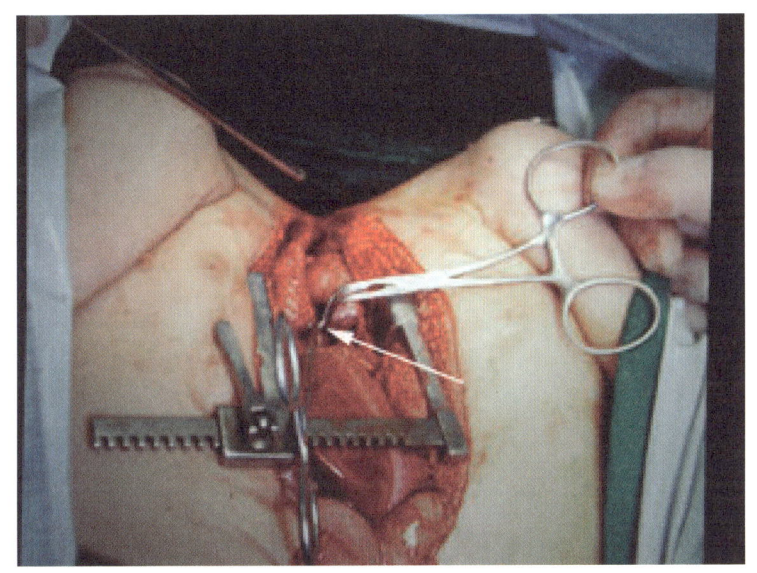

심근 일부가 서로 융합(흰색 화살표)된 심근을 혈관 겸자로 잡아놓은 모습

    흉부의 접합 부위를 절개하고 심장 낭을 분리했을 때 우리는 육안으로 심방의 심근 일부가 융합되어 있다는 것을 확인했다. 수술 전 정밀검사를 통해 의심하고 있던 심근 공유를 수술 중에 직접 눈으로 확인한 것이었다. 순간 나의 머릿속에서 융합쌍생아 논문의 데이터베이스가 한 바퀴를 일주했다. 이전에 그 어느 논문에서도 심근 일부가 융합된 쌍둥이의 수술 성공 사례가 보고된 적이 없었기 때문이다. 수술방에서 쌍둥이의 심근이 연결된 것을 보고 약간 당황한 것도 사실이었다. 그러나 그 정도가 심하지 않아서 심장외과 도움 없이 소아외과 팀에서 심장 분리까지 쉽게 할 수 있었다.

수술 후 아이들이 잘 회복하면, 심장 일부를 공유한 융합쌍생아 분리 수술 세계 최초 성공으로 보고해야겠다는 생각이 머리에 떠올라서 융합된 심장 사진을 잘 찍어두기도 했다. 유리와 유정이는 배꼽 위부터 시작해 흉골 전체가 붙어 있었다. 유착 범위도 매우 넓었으나 둘을 분리해 내는 시간은 예상보다 짧았다. 가장 어려운 수술 부분은 간의 분리였으나 이 부분도 잘 진행되었다.

분리 수술을 마친 두 아이 중 유정이는 옆 수술실로 옮겨져 흉곽 봉합을 진행했다. 가장 어려운 것은 벌어져 있던 흉곽 및 복부를 가운데로 당겨서 닫는 과정이었다. 이 과정이 수술 전 내가 가장 걱정한 부분이기도 했다. 백일이 갓 지난 아기들의 작은 가슴뼈 사이에 심장과 장기를 밀어 넣고 봉합을 완료하니 수술을 시작한 지 9시간이 지나 있었다.

유리와 유정이 수술 성공을 향한 전 국민의 바람이 이루어지는 순간이었다. 융합 정도가 심하지는 않았으나 심장이 붙은 융합쌍생아 분리 수술을 세계 최초로 성공한 것이었다.

KBS에서는 취재진을 대동해 한 편의 드라마 같은 이 소식을 실시간으로 방송했고, 스승님이신 황의호 교수님은 9시간에 걸친 수술을 마치고 수술복을 입은 채 카메라 앞에서 인터뷰를 하셨다. 그 시각 나는 중환자실에서 유리와 유정이를 지켜보고 있었다. 성공적으로 분리된 아이들을 바라보는 내 두 눈에 집사람이 차려주는 따뜻한 저녁 밥상이 아른거렸다.

유리, 유정이 그 후

수술 후 광범위하게 붙어 있던 흉부를 봉합한 아이들은 흉강 부피의 감소로 인공호흡기를 계속 달고 있어야 했다. 호흡기를 떼고 자발호흡을 유지할 수 있을 때까지 시간이 얼마나 걸릴지 알 수 없는 상황이었다. 나는 계속해서 이런 상태의 호흡부전에 관한 논문을 찾아보고, 아이들의 임상 데이터를 논문 저자들과 공유하는 등 호흡부전증을 해결할 방법을 찾아보는 데 온 노력을 기울였다. 스승님을 설득해 게임 체인징을 하려면 강력한 증거가 필요했다.

소아과나 마취과에서는 폐기능검사 결과 등을 토대로 이렇게 호흡기를 못 떼면 아이들이 평생 호흡기를 달고 살아야 할 거라는 의견을 내기도 했다. 마음이 급해진 나는 수술적 방법으로 사태를 해결해 보려고 했다. 아기들의 흉벽 피부 밑에 공기주머니를 넣고 천천히 공기를 주입해 주머니를 팽창시킨 다음 흉곽성형술을 할 조직을 획득하고, 인공 물질과 공기주머니로 획득한 조직을 이용해 흉곽성형술을 하여 흉강에 자발호흡이 가능한 공간을 형성하는 수술을 감행해 보자고 주장한 것이다. 하지만 스승님과 흉부외과 선생님들은 성장기 아기들이라 흉곽이 넓어지고 있으니 좀 더 지켜보자는 소견으로 맞섰다. 결과적으로 내가 시도할 수 있는 것은 조금씩이나마 산소호흡기의 의존도를 낮출 수 있도록 유도하는 치료였고, 그사이 아이들은 돌이 지나며 꽤 많이 성장했다. 돌 무렵 유리와 유정이의 모습을 볼 수 있는 MBC 뉴스 보도를 첨부한다. 담당의로 인터뷰하는 펠로우 시절 내 모습도 들어있다.

MBC 뉴스 유리 유정이 관련 인터뷰, 펠로우 시절 본인

출처: MBC 뉴스[3]

수술한 아이들은 호흡기 문제로 장기입원을 하고 있었다. 물론 다른 문제도 있었지만 가장 큰 문제는 호흡이었다. 호흡기를 잠시 떼었다가 산소포화도가 낮아지면 다시 호흡기를 연결해야 하는 악순환이 되풀이 되었다. 아이들이 만성 호흡부전증으로 평생 호흡기를 달고 살아야 하는 것이 나에게는 제일 회피하고 싶은 상황이었다.

나는 분리된 두 아이의 엑스레이 사진을 수없이 들여다보았다. 성장할수록 가슴 사진이 일반인과 달리 총알의 탄두 모양처럼 보이기 시작했다. 총알은 탄피가 뒤에 있고 그 앞으로 세모난 탄두 모양이 있다. 가슴은 탄두, 배는 탄피 모양이라는 것은 흉곽이 비정상적으로 좁다는 것을 의미하는데, 이런 모습의 흉곽을 Bell-shaped Chest라고 부른다. 이

3) https://imnews.imbc.com/replay/1995/nwdesk/article/1963509_30705.html

5. 샴쌍둥이 분리 수술, 유리 유정이 그 후

런 모습을 가지고 출생하는 아이들을 흉곽형성이상Thoracic Dystrophy, Jeune Syndrome이라고 부른다는 것을 나중에 알게 되었다. 당시엔 미처 깨닫지 못했으나, 지금 와서 생각하면 스승님과 나는 아이들 분리 수술은 성공했으나 벌어져 있는 흉곽을 무리하게 당겨 닫으면서 의인성 흉곽형성이상Iatrogenic Thoracic Dystrophy이라는 고약한 선물을 아이들에게 남겨준 것이다.

힘겹게 자발호흡을 시도하는 두 아이 곁에서 퇴근을 포기하고 밤새 우기를 수십 차례, 동생 유정이는 마침내 인공호흡기를 제거하고 자발호흡을 유지할 수 있게 되었다. 그러나 언니 유리는 계속 인공호흡기에 의지하다가 수술한 지 5년이 되던 2000년 우리 곁을 떠났다.

2004년 크리스마스에 유정이가 보낸 연하장의 유정이 사진

유정이는 퇴원 후 재활병원에서 치료를 받았지만, 다음 해 뇌성마비 판정을 받아 현재는 하반신이 마비된 상태로 살고 있다. 그렇게 유리와 유정이는 내가 의사로 살아오면서 가장 기억에 남는 이름이자 잊지 못할 안타까운 이름으로 남게 되었다. 결국 유리는 잃었고, 유정이에게는 어려운 인생을 남겼기에 30년이 지난 지금까지도 머릿속으로 계속 수술 순서를 복기해 보곤 한다. 만약 흉벽을 레진으로 메운 뒤 에어백을 넣고 조직을 팽창시켜 흉곽성형술을 준비한 상태에서 분리 수술을 했다면 어땠을까 상상 속 재수술을 하고는 한다. 내가 유리, 유정이 이야기를 하면 동료들이나 가족들은 의아하다는 반응을 보인다. 의사로서 또 연구자로서 수술 방법을 개발해 성공한 기억, 세계적인 학술지에 논문이 게재된 순간이 더 기억나지 않느냐고 반문하는 사람들도 있다. 물론 내 인생에서 영광스럽고 큰 성취감을 느꼈던 순간도 기억한다.

유정이가 보낸 연하장의 내용과 카누를 타는 유정이와 엄마 사진

어쩌면 유리와 유정이가 기억에 남는다기보다는 내가 의사로서 유리와 유정이를 놓지 못한다는 말이 더 맞는 듯하다. 만일 내가 의사로서 유리, 유정이와의 인연을 해피엔드로 마무리했다면 평생 이렇게 마음에 밟히지 않았을 것이다. 유정이는 가끔 나에게 카드를 보내오고 연락을 한다. 카누를 타고 있는 사진에서 환하게 웃는 유정이와 그 엄마의 모습은 나에게 큰 선물이다. 본 지면을 통해 유정이의 건강한 삶을 진심으로 바란다.[4]

---

4) http://www.biliaryatresia.org/conjoined-twin.htm: 본 장에 소개된 사진의 출처는 본인이 운영하던 개인 홈페이지이다. 2025년 퇴임하면서 개인 홈페이지를 폐쇄하였다.

세브란스 어린이병원 소아외과 교수 한석주
내 생애 최고의 수술

6

윤리적인 수술 결정이
중요한 이유

세브란스 소아외과 교수에서 서울고등법원 상임전문심리위원이 된
의학박사 한석주의 조금은 특별한 삶의 기록

6.
윤리적인 수술 결정이 중요한 이유

유리가 세상을 떠날 즈음 우리나라의 또 다른 융합쌍생아인 지혜와 사랑이 수술 사례를 접하게 되었다. 유리, 유정이 사례를 겪으며 나는 당시 부족했던 보험 문제, 천문학적인 수술비와 입원비의 경제적 압박 때문에 병원이나 독지가의 도움이 없으면 분리 수술은 시도조차 할 수 없다는 것을 알게 되었다. 게다가 당시만 해도 환자 보호자들은 국내보다는 해외 의료진이 더 많은 분리 수술 경험과 더 좋은 수술 시설을 가지고 있다고 생각했다. 그래서 의료비 지원만 받을 수 있다면 국내보다는 해외에서 수술받기를 원했다.

이러한 이유로 나는 엉덩이가 붙은 둔부융합쌍생아Ischiophagus로 태어난 지혜와 사랑이가 국내에서 수술을 받지 않고 싱가포르에서 수술을 받게 되었으리라 미루어 짐작하고 있다.

싱가포르 래플스 병원Raffles Hospital 수술팀은 머리가 붙은 채로 네팔에서 태어난 두부융합쌍생아Craniopahgus의 수술을 성공한 경험이 있지만, 이란에서 온 또 다른 두부융합쌍생아는 분리 수술에 실패했다. 융합쌍생아들은 융합된 부위에 따라 생존 가능성이 천차만별이고, 수술 방법 자체가 다르기 때문에 한 케이스를 성공한 팀이라고 해서 다른 케이스의 성공까지 보장하지 못한다. 오히려 두부는 두부, 둔부는 둔부 수술에서 임상경험이 많은 외과의를 찾아 분리 수술을 받는 것이 그나마 생존율을 높이는 길일 것이다.

지혜와 사랑이는 그 병원의 의료진이 수술한 두 쌍의 두부융합쌍생아Craniopahgus와는 완전히 다른 둔부융합쌍생아Ischiophagus였다. 나는 처음에 이 아이들이 싱가포르에서 수술받게 되었다는 뉴스를 접하고는 두부와 둔부의 수술이 다른데 왜 싱가포르행을 택했는지, 그 수술팀은 왜 이 아이들을 수술하겠다고 나섰는지 의문이 들었다. 엉덩이가 붙은 둔부융합쌍생아는 본래 생존율이 높고 분리 후 항문의 기능을 살릴 수 있는지가 관건이라, 아이들의 생존은 애초부터 보장되어 있지만 문제는 수술 후라고 생각했다. 둔부융합쌍생아는 소아외과 주도하에 아기의 해부학적 분리 및 복원 단계에서 소아비뇨기과, 소아정형외과, 소아신경외과, 성형외과 의사와 협진하여 수술과 치료를 계획하고 수술해야 한다.

그런데 그 아이들의 수술을 주도한다는 Dr. Keith Goh라는 성인 신경외과Adult Neurosurgeon 의사와 또 다른 수술 리더인 Dr. Yang Ching Yu는 소아외과 전문의가 아니었다. Dr. Yang Ching Yu는 성인을 대상으로 복강경 수술과 대장암 수술을 시행하는 일반외과 의사Colorectal Surgeon And Laparoscopic Surgeon였다. 소아 수술 경험이라고는 레지던트 시절 수개월 경험이 전부일 그들이 한국의 두 어린 생명을 책임지는 수술을 하겠다고 나선 것이 나는 너무 속상하고 불안했다.

결국 나는 또 오지랖과 호기심이 발동해 이들에 대한 보도 자료를 모두 찾아보게 되었다. 이 수술팀이 수술하다가 사망에 이른 이란의 두부쌍생아는 뇌경막 정맥을 공유하고 있는 상태라서 분리 수술 후 사망 확률이 100%였다. 그럼에도 이들은 무리하게 수술을 진행했고, 아이들은 수술대 위에서 사망했다. 이란의 융합쌍생아가 사망한 후 싱가포르의 래플스 병원 의료진에게 각 관련 학회에서 심한 항의가 전달됐다는 보도가 많았다.

1988년에 14세였던 샴쌍둥이의 분리 수술을 거부했던 독일의 신경외과 의사 매드지드 사미Madjid Samii는 뇌에서 심장으로 피를 공급하는 혈관을 공유하고 있어 생존 가능성이 거의 없는데 수술을 시도한 것 자체가 충격적이라고 밝혔다. 호주의 의학윤리학자 닉 톤티 필리피니Nic Tonti-Filippini는 환자의 동의만으로 안전하지 않은 수술을 감행하면 안 된다고 강조했다. 전적으로 의료진이 윤리적인 판단을 해야 한다는 것이다. 런던 왕립대학교 의학윤리 책임자인 리처드 애시크로프트Richard Ashcroft 박사는 이를 "진정한 도덕적 딜레마"라고 묘사했다. 싱가포르의 <스트레이츠 타임스Straits Times> 신문은 쌍둥이가 "도박에서 모두 잃었다"라고 평했다. 목숨을 건 도박이었지만 결과적으로 싱가포르 의료팀은 자신들이 국제적인 명성을 얻을 것으로 전망한 것이다. 나도 사실 이 수술은 유명해지기 위한 그들의 노림수라며 분노하고 있었다.

이란 부통령 노하마드 알리 압타히Nohammad Ali Abtahi는 "이란의 슬픈 날"이라고 언급했다. 이란에서는 예정된 방송을 중단하고 샴쌍둥이의 사망 소식을 전했으며, 싱가포르와 이란에서 쌍둥이를 위한 기도가 진행됐다. 그들이 무리하게 수술을 감행한 것은 쌍둥이가 죽음을 무릅쓰고라도 서로 분리되어, 각자의 꿈을 추구하며 각자 다른 도시에서 살기를 간절히 바랐다는 이유였다. 만일 내가 그 의사였다면 어떻게 했을까? 나는 수술을 하지 않았을 것이다.

그 당시 싱가포르 의료진의 여러 상황을 고려해 보면 이란의 융합쌍생아 수술의 실패를 만회하기 위해 언론이 필요했을 것이고, 생존율이 가장 높은 둔부융합쌍생아인 지혜와 사랑이를 수술해 래플스 병원의 신뢰도를 회복하고 유명해질 필요가 있었으리라고 본다.

지혜와 사랑이는 엉덩이가 붙은 구조이니 수술을 통해 분리하는 것은 비교적 쉬운 일이다. 문제는 분리된 부위를 각자 봉합하고 나서 배변 및 배뇨에 평생 문제를 안고 살아갈 수 있다는 점이었다. 나는 소아외과 의사로서 수술을 통한 생존뿐 아니라, 수술 후 아이들의 삶의 질을 향상시킬 수 있는 수술 방법을 연구하고 적용하고 있었다. 당장은 목숨을 구한다고 해도 수년 후 아기들이 성장하고 학교에 가게 되었을 때 배변에 문제가 있다면 그 아이는 결코 행복하게 살아갈 수 없다. 따라서 그 수술은 성공한 것이 아니다. 나는 사랑이와 지혜의 수술 이후 경과를 계속 확인하면서 문제가 생기면 그 아이들을 우리 병원으로 데려와 2차 수술을 진행할 방법까지 고민했다. 하지만 다행히도 지혜랑 사랑이의 수술은 성공적이었다. 이후에도 문제없이 잘 성장하고 있다는 결과를 알고 나서야 그 수술을 선택한 의료진에 대한 분노는 사라지고 아이들이 잘 견뎌주어 다행이라는 생각만 가득해졌다.

또한, 이 경험을 통해 나는 국내에서 태어난 아픈 신생아들이 입원비와 수술비 등 경제적 이유로 해외에 나가지 않을 방법을 고민하기 시작했다. 내 스승님이 응급 환자의 신속한 이송 시스템을 만들기 위해 노력했다면, 나는 나를 찾는 환아 가족에게 경제적인 부담을 덜 수 있는 사회복지팀을 연결해 주는 등 입원 프로세스에도 관심을 가지게 되었다.

산정특례제도

2004년부터 도입된 산정특례제도는 암 등 중증질환과 희귀난치성질환으로 치료받는 환자에게 요양급여에서 본인부담률을 낮춰주어 경제적인 부담을 줄여주고 있다. 당시에는 20%이던 본인부담금도 지금은 더 낮아졌다. 대상 질환에 따라 차이가 있는데 암 또는 중증 환자는 5% 본인 부담, 희귀·중증난치성질환자는 10%만 본인이 부담한다. 암 환자는 그 수가 많고 사례도 많아서 산정특례제도의 혜택이 광범위하게 적용되고 있다. 특히 암은 진단만 받으면 세부 병명에 상관없이 제도의 혜택을 받을 수 있다. 물론 항암제 등 신약은 경감 혜택에서 제외되는 경우도 아직 많다.

제도가 시행된 초기에는 20여 개의 희귀·중증난치성질환만이 등록되어 경감 혜택을 받았다. 그래서 대부분의 희귀난치성질환자들은 적합한 의료진을 찾아 의료서비스를 받기에도 급급한데, 질환의 중증도를 증명하기 어려워 비싼 병원비까지 고스란히 부담하는 상황이었다.

당시에는 쓸개관이 막힌 담도폐쇄증도 산정특례제도의 혜택을 받는 희귀난치성질환이 아니었다. 초기에 큰 수술비가 발생하고 이후 만성 부작용인 담도염으로 장기입원을 하는 환자가 많아 가족들의 경제적인 부담이 큰 상황이었다. 이러한 사실을 딱하게 여긴 병동 간호사들이 자발적으로 환자를 다인실에 배정해서 환자의 병실 비용 부담을 줄여주기도 했다는 것을 한참 후에야 들어 알게 되었다. 병실을 옮기려면 병상 소독부터 세팅까지 간호사들의 일이 늘어나는데도 자발적으로 그런 일을 해왔다는 것에 감사드린다.

이렇게 다인실에 모이게 되는 담도폐쇄증 환아의 평균 입원일수는 30일 이상이다. 그러다 보니 동병상련의 정이 깊어지고, 가족처럼 친해지고, 병마와 같이 싸워보자며 함께 논문을 읽으며 공부해 보겠다는 취지로 담우회라는 환우회가 자발적으로 만들어졌다.

담도폐쇄 환아의 어머니인 방현진 님을 주축으로 세브란스 소아병동에서 결성된 담우회는 현재도 활발히 운영되고 있으며, 담도폐쇄증이라는 병증에 대한 최신 정보를 공유하고 물심양면으로 환우들을 돕는 장이 되고 있다. 감사하게도 대기업과 장근석 씨 팬클럽까지 담우회의 활동에 도움을 주고 있다. 담도폐쇄증에 걸려 카사이 수술을 받은 환아들에게는 합병증으로 담도염이 자주 온다. 고열이 나는 담도염이 오면 항생제를 과량 투약하며 염증이 가라앉을 때까지 장기입원을 하므로 병원비 부담이 컸다. 환우회 회원 중에도 담도폐쇄증으로 자주 입원하는 경우가 많아서, 나는 담도폐쇄증을 산정특례 대상으로 등록해 달라는 서류를 보건복지부에 넣어보라고 방현진 회장님에게 제안했다.

환우회에서 보건복지부에 제출할 서류를 준비했고, 나는 의사로서 본 병증에 대한 소견서와 실제 진료기록지 의료비 산출 내역서를 들고 환우회 분들과 과천 보건복지부로 가서 담당 서기관을 만나 필요성을 설명했다. 애초 대상이 되는 환아의 숫자가 적어서 담당 사무관이 상황만 인지하면 희귀질환으로 등록해 주리라 내심 기대했다. 하지만 암, 신부전증 등 이미 혜택을 받는 환자가 많아, 오히려 적은 수의 희귀질환 환자들에게까지 돌아갈 예산을 확보하기 어렵다고 그가 말했다.

다수의 환자에게 많은 예산이 배정되어 소수에게 줄 예산이 없다는 것이 당시엔 이해가 안 갔지만 우리는 그대로 물러설 수는 없었다. 나는 동료 의사들의 의견서를 추가로 첨부해서 환우회 회장님에게 전했고, 회장님과 환우회 회원들이 꾸준히 청사에 찾아가 담당자를 설득했다.

그리고 2004년 12월 30일 담도폐쇄증(Q44.2 쓸개관(담관)의 폐쇄)이 희귀난치성질환으로 인정받아 2005년 1월 1일부터 본인부담금 20%만 부담하며 진료를 받을 수 있게 되었다. 현재는 본인부담금이 10%이며, 당시엔 30가지 병증이 지정되어 있었으나, 지금은 1400개 이상의 희귀난치성질환이 산정특례제도의 혜택을 받을 수 있는 대상으로 등록되어 있다. 누구나 경제적인 부담을 줄이면서 최고의 의료서비스를 받아 건강하게 생활할 수 있다면 정말 좋겠다.

다른 병원으로 기꺼이 전원시키는 의사

환자들은 좋은 의사를 만나 병을 고치고 건강해지고 싶다. 의사도 자신이 담당한 환자가 병을 고치고 건강하게 생활하는 모습을 보고 싶을 것이다. 하지만 의사라고 해서 모두 실력 있고 병을 잘 고치는 것은 아니다. 환자를 만나다 보면 그들의 가족이 아플 때 나에게 의사를 추천해 달라고 물을 때가 많다. 외과 분야에서 나는 나뿐 아니라 다른 외과 의사의 수술 성공률도 모니터링하는 습관이 있다. 스스로 완벽주의자이기도 하지만, 나나 나의 가족, 동료가 아플 때를 대비해서 나름의 실력자를 물색해 두기 위한 이유였던 것 같다. 누구나 언제든 아플 수 있기 때문이다. 학회 회원이나 의과대학 동기, 친한 동료들이라도 무조건 믿고 환자에게 추천하지 않는다. 내가 의사로서 그들을 신뢰할 수 있을 때 적정한 데이터를 근거로 그들을 추천한다.

나에게 수술을 받은 담도폐쇄증 환아 중 예후가 좋지 않으면 간이식을 받아야 한다. 현재는 세브란스병원 이식외과가 성공률도 높고 시스템도 잘 갖춰져 있는 데다 실력과 열정이 있는 의사들이 이끌고 있지만, 2000년대 중반까지만 해도 이식외과 선두 병원과 비교하여 소아 간이식 성공률은 부족하다고 나는 생각했다. 그럼에도 이식외과 교수들을 찾아가 간이식이 필요한 소아 환자가 있으니 수술해 보자고 했다. 하지만 성인 간이식도 몇 달이 밀려 있는 상태에서 수술 과정이 까다로운 소아 간이식에 도전해 보겠다는 이식외과 전문의가 세브란스병원에는 없었다. 어쩔 수 없이 나는 간이식이 필요한 환아들을 보낼 의사와 병원을 물색하기 시작했다. 그래서 당시 이식 성공 사례도 많고 학회에서 만났을 때 인품도 좋으셨던 삼성서울병원 소아외과 이석구 교수님에게 간이식이 필요한 담도폐쇄 환아들을 전원시키기 시작했다.

얼마 지나지 않아 우리 병원에서 몇몇 이식외과 의사들이 그 사실을 알게 되었다. 그들은 내게 대놓고 불편한 기색을 내비쳤다. 그 말을 듣고 열심히 하는 이식외과 의사들에게 정말 미안했지만, 애초에 나의 제안을 거절한 것은 그들이었다. 게다가 환자나 보호자나 수술 성공 확률이 높은 병원으로 가고 싶은 것은 당연하고, 소아의 경우 당시 삼성서울병원에서 이식을 받고 생존하는 비율이 높았다. 나는 동료에 대한 미안한 마음을 내려놓고 당당히 환자의 편에 서서 행동했다. 당시에는 내가 동료에게 욕을 먹어도 어쩔 수 없다고 생각했던 것 같다.

물론 그때라도 소아 간이식에 대해서 같이 연구하고 수술해 보자고 제안하는 의사가 있었다면 좋았겠지만 나서는 이가 없었다. 그래서 그 이후에도 나는 이식이 필요한 소아 환자를 삼성서울병원으로 보냈고 한동안 그 시스템이 유지되었다.

나도 그렇지만 외과 의사들은 나름의 전성기가 있다. 임상경험도 충분히 쌓이고, 눈도 잘 보이고, 손도 안 떨리는 그 시기에는 수술 성공률이 높다. 하지만 인간은 노화에서 결코 자유로울 수 없다. 시간이 가면서 타 병원 이식외과 교수님들도 연로해지기 시작했다.

나는 카사이 수술도 잘하고 소아 간이식 수술도 잘하는 후배 의사가 우리 병원에서 나오기를 진심으로 바랐다. 그리고 내 꿈은 현재 이루어졌다. 내 제자이자 동료인 세브란스 어린이병원 소아외과 인경 교수가 현재 카사이 수술부터 이식까지 모두 성공적으로 잘 해내고 있다. 밀려드는 환자로 힘들어도 꿋꿋하게 카사이 수술과 소아 간이식을 성공시키며 내게 청출어람을 경험하게 해준 인경 교수가 진심으로 자랑스럽다. 내가 돌보던 환자들은 이제 모두 인경 교수가 맡고 있다. 나를 마음 편히 퇴임할 수 있게 도와준 그에게 이번 기회에 진심으로 고맙다고 말하고 싶다.

세브란스 어린이병원 소아외과 교수 한석주
내 생애 최고의 수술

7

1996년 3월 모교 교수로
임용되다!

세브란스 소아외과 교수에서 서울고등법원 상임전문심리위원이 된
의학박사 한석주의 조금은 특별한 삶의 기록

7.

1996년 3월 모교 교수로 임용되다!

본원에서 펠로우를 하고 있는데 소아외과 교수 채용 공고가 났다. 나중에 위암 수술의 세계적인 대가가 되셨고, 이후엔 연구실 룸메이트가 되신 노성훈 교수님께서 내게 전화를 하셨다.

"지원하냐?"

"네, 공고 났으니 지원해야죠."

"한석주 소아외과 교수 되겠네."

"뽑혀야죠. 교수가 쉽게 되나요."

"널 안 뽑으면 누굴 뽑겠냐?"

그냥 하시는 말씀은 아니었다. 노성훈 교수님은 내가 레지던트 막바지인 4년 차 시절 열린 교수들 연말연시 모임에서 "난 한석주 없으면 못살아!"라고 하던 황의호 교수님이 자꾸 생각난다고 말씀하시곤 했다. 사실 모교 소아외과 교수가 되고 싶다는 생각이 가장 절실한 사람은 나자신이었다. 나는 외과 분야에서 소아외과 영역이 가장 흥미롭다고 생각하고 있었다. 성인 위암 환자나 간암 환자의 위절제수술이나 간절제수술을 하는 것은 내가 보기엔 비슷해서 흥미가 없었다. 그러나 소아외과에서 수련할 때 만난 신생아들의 질환은 저마다 양상이 달랐다. 태아상태에서 비정상적으로 기관이 형성되면서 발생하는 질환이라 환자마다 상태나 모양이 모두 달랐다. 따라서 수술 방법도 같을 수 없었다.

예를 들어 식도가 없이 태어난 환아라고 해도 상부 식도가 없는 경우, 하부 식도가 없는 경우, 전체가 없는 경우로 저마다 다르다. 환아의 상태에 따라 수술하는 방법도 달라야 한다. 따라서 검사 자료와 데이터를 토대로 늘 새로운 사례를 연구하고 시뮬레이션하고 수술에 들어간다. 이런 특성 때문에 소아외과 수술은 사전에 연구도 많이 해야 하고 임상경험도 많이 쌓여 있어야 성공할 수 있다. 소아의 장기와 혈관은 작기도 하고 수술 과정에서 추가적인 문제가 발생하기도 하여, 항상 숙련된 의사가 주의를 기울이며 어떤 상황에서든 냉정한 판단력과 순발력, 세심한 손기술로 수술에 임해야 한다. 그래서 소아외과 교수들끼리는 나름대로 자부심이 대단한데 지금은 출생률 저하로 존폐가 위험한 학문 분야가 되어버렸으니 참으로 안타까운 일이다.

나는 모교 교수가 되겠다는 꿈을 안고 교수 지원 서류를 준비하기 시작했다. 성적도 좋았고 펠로우로서 임상경험도 많았고 논문 실적도 충분했다. 나의 교수 지원 서류는 대학인사위원회에서 무난히 통과되었다. 그리고 마지막 단계인 총장님 결정을 앞두고 있었다.

당시 연세대학교 총장님은 송자 총장님이었다. 내 지원 서류를 보시던 송자 총장님의 눈에 내 자기소개서의 "종교관"에 관하여 쓴 글이 턱 걸린 모양이었다.

"저는 신이 존재한다는 확신이 없어 종교가 없습니다. 이 세상을 살아가기 위해 저밖에 믿지 않습니다."

이 문장은 혈기 왕성한 외과 의사의 자신감과 솔직함으로 이해하면 문제가 없었다. 하지만 기독교 대학의 총장님께는 너무나도 불편한 문장이었을 것이다. 요즘 중년들이 MZ세대가 하는 말을 들으면 머리에 쥐가 난다고 하는 것처럼, 독실한 크리스천이었던 총장님의 머리에도 당시 쥐가 났을 것이다. 게다가 제출 서류 중에 담임목사 추천서가 있었는데, 당시 나는 신과대학교 교수이며 목사인 매형을 두었음에도 추천서를 부탁하지 않았다. 따라서 추천서는 빈칸으로 제출되었다. 여하튼 송자 총장님은 세브란스병원의 교목실장 김기복 목사님에게 전화를 걸어 한석주라는 사람이 우리 학교 교수가 될 자격이 되는지 물어보았다고 한다.

토요일 오후 신생아 중환자실 회진을 돌고 있는 내게 바로 전화가 왔었다. 받아보니 김기복 교목님이었다. 황의호 교수님이 독실한 크리스천이라 나도 김기복 목사님과 인사를 한 적이 여러 번 있었다.

"한석주 선생, 이번 교수 지원 서류에 '나는 신을 믿지 않는다'고 쓰고 담임목사 추천서를 공란으로 제출한 것이 맞나요?"라고 물어보셨다. 나는 "저는 현재 신을 믿지 않으며 교회도 다니지 않아서 종교관에 사실대로 기술했고, 담임목사 추천서를 제출할 수 없었습니다"라고 대답했다. 목사님은 내 대답에 적지 않게 당황하신 것 같았다.

"이것이 교수가 되는 데 결격사유가 된다면 감수할 수 있습니까?"

나는 연세대학교 의과대학 외과학 교실에서 학생들을 가르치는 교수가 되겠다고 지원한 사람으로서 거짓을 적을 수는 없었고, 결격사유가 된다면 감수하겠다고 대답했다. 겁도 없이 말이다. 전화를 끊은 후 김기복 목사님께서 송자 총장님께 어떻게 보고했는지 알 수는 없으나, 내 대답 그대로 보고되었을 것이다. 그런데 이후 아무런 잡음 없이 나는 교수로 임용되었다. "진리가 너희를 자유케 하리라The truth will set you free"는 연세대학교 교훈이다. 나는 이후 이 말을 믿고 살았고 앞으로 여생도 그럴 것으로 생각한다.

1996년 신임교원 오리엔테이션 기념사진

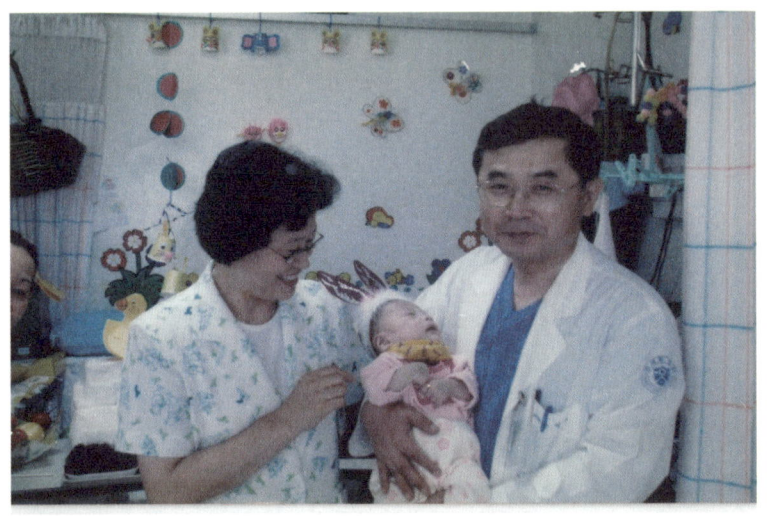

신촌 세브란스병원 신생아집중치료실에서

의대 교수가 도둑을 잡다

우리 부부는 결혼하고 줄곧 본가에서 살다가 내가 춘천 인성병원으로 가면서 분가하게 되어 뒤늦은 신혼 생활을 보냈다. 서울 본원 펠로우가 되어 서울로 돌아오게 되었을 때 아내는 시가로 들어가지 않고 우리 식구끼리만 살기를 원했다. 그래서 돈이 없었던 나는 세브란스병원과 가까운 서울 마포구 연남동의 다세대 빌라 2층에서 서울살이를 시작했다. 나는 서울로 오자마자 병원 일로 정신없이 바빴고, 아내는 불평 한마디 없이 묵묵히 나와 두 아들의 뒷바라지를 했다.

그러던 어느 날이었다. 내가 가장으로서 해결해야 하는 집안일이 드디어 터졌다. 늦은 저녁 귀가했는데 아내가 안절부절못하고 있었다. 이유인즉슨 결혼 10주년을 기념하여 외식을 나가면서 모처럼 착용했던 다이아몬드 결혼반지가 그다음 날 감쪽같이 사라져 버린 것이다.

아내는 정리 정돈의 달인이다. 어디에 무슨 물건을 어떻게 두었는지 정확히 기억한다. 특히 귀금속을 두는 장소는 경대 서랍으로 위치가 늘 고정되어 있어서 다이아몬드 반지만 감쪽같이 사라진 점이 전혀 이해가 가지 않았다. 아내는 종일 집 안을 샅샅이 뒤지다 못해 변기 속까지 찾았지만, 반지를 찾을 수 없었다고 했다. 게다가 반지가 없어진 당일, 집 안에 놀러 온 외부인은 단 한 명이었다. 임신한 이웃집 여자다. 그녀는 결혼식 기념일 다음 날 우리 집에 놀러 와 수다를 떨고 자기 집으로 돌아갔다. 자, 추리를 시작해 보자.

① 결혼 10주년 외식 후 집에 돌아왔을 때 반지가 있었는가? → YES

② 반지는 아내의 성향대로 서랍장 있던 곳에 넣었나? → YES

③ 집 안 어느 곳에서도 반지를 찾을 수 없었나? → YES

④ 외부인을 두고 자리를 비운 적이 있었나? → YES

아내는 부엌에 가느라 이웃집 여자를 방에 두고 잠깐 자리를 비운 적이 있다고 말했다. 지난밤 집에 돌아와서 늘 있던 자리에 둔 반지가 사라졌다면, 그리고 밖에서 집 안에 들인 사람이 단 한 명밖에 없다면 의혹은 한 사람에게 집중될 수밖에 없다. 용의자는 이웃집 여자다. 확신은 커졌지만, 이웃인 그들에게 섣불리 찾아가 "반지를 내놓아라" 따져댈

수는 없는 일이었다. 부인하면 그만이고, 게다가 이웃집 여자는 임신한 상태였기에 오히려 역공(?)을 맞을 수 있는 상황이었다.

병원에서 퇴근 후 곯아떨어지기 바빴던 시절이라, 주말이 되어서야 겨우 사건에 몰입할 수 있었다. 게다가 아내는 그사이 사건의 실마리가 될 수 있는 새로운 정보를 내게 전했다.

"내가 혹시 몰라 밖에서 반지를 찾겠다고 쓰레기통을 뒤지고 있었는데 이웃집 여자가 마침 외출해 돌아왔거든요? 그런데 쓰레기통을 뒤지고 있는 나를 보고 아무 말도 하지 않는 거예요. 그래서 내가 '어디 갔다 오냐?'고 물었더니 글쎄 시장에 있는 금은방에 다녀왔다는 거예요. 며칠 뒤 돌잔치가 있어 돌 반지 두 개를 사러 갔다 왔다는데. 이상하지 않아요? 다이아몬드 반지 가격을 알아보러 간 건 아닐까요?"

'이거다!' 나는 그길로 시장에 있는 금은방을 찾아갔다. 다행히 그 시장에 금은방은 하나였다. 금은방 주인에게 오늘 돌 반지 두 개를 사러 온 여자 손님이 있었느냐고 물었더니 그는 고개를 끄덕였다. 또 다른 걸 물어본 건 없냐고 재차 확인했더니 그가 하는 말. "다이아몬드 반지를 새로 세팅하는 비용이 얼마냐고 물어보던데요?" 결혼반지는 이미 세팅되어 있었기에, 이는 다이아몬드만 따로 빼내어 다시 사용하려는 의도를 드러내는 결정적인 단서가 될 수 있었다.

나는 확신이 들었다. 이제 심리전에 들어갈 차례다. 그길로 서대문 경찰서에 도난 사건과 의혹에 대해 모두 털어놨다. 그리고 형사에게 '금요일'에 조사해 달라고 부탁했다. 의심을 받은 이웃집 사람들이 주말에 따지러 내려올 경우, 내가 있어야 다음 대응이 이어질 수 있기 때문이다. 디데이를 받아놓고 이웃집 사람들의 동태를 살피며 철저하게 다음 단계의 준비에 나섰다. 토요일 오전이 되자, 경찰이 방문해 현장조사를 하고 간 이야기를 아내에게 들은 이웃집 남편은 노발대발하며 우리 집을 찾아왔다.

"의사면 다냐, 사람을 막 의심해도 되냐!"라고 소리치는 그와는 대조적으로 나는 평온한 말투로 조곤조곤 이야기를 시작했다. 나는 먼저 우리 부부의 결혼 날짜가 기록된 등본을 그에게 건넸다.

"날짜를 보면 아시겠지만, 반지를 잃어버리기 전날 우리는 결혼 10주년이었습니다. 아내가 반지를 착용하고 결혼 10주년 저녁 식사를 하러 외출했다가 돌아와서 원래 있던 자리에 반지를 뒀는데 그다음 날 오후, 그러니까 당신의 아내가 방문한 뒤에 감쪽같이 사라졌어요. 우리는 한 사람을 의심할 수밖에 없었습니다. 공교롭게도 우리가 의심한 사람은 최근 금은방에 방문해 다이아몬드 반지 세팅에 관해 물어봤죠."

그는 몇 번의 우연만으로 자기 아내를 범인으로 몰 수 있냐며 다시 따지기 시작했다. 나는 비장의 카드를 꺼낼 수밖에 없었다. 나는 보석함을 휴지에 싸서 들고 나왔다.

"아까 말씀하셨듯이 의사라고 사람을 의심해서는 안 되지만, 제가 의사인 덕분에 국립과학수사연구소에 친한 후배가 있습니다. 저는 이 보석함에 남은 지문을 분석해 달라고 국과수에 보낸 바 있습니다. 결과는 우리 가족들 외에 다른 한 사람의 지문이 더 나왔다는 것입니다."

나의 말을 듣자, 그의 얼굴은 점점 굳어가기 시작했다. 나는 굳이 반응하지 않고 이야기를 이어갔다.

"단 3일을 드리겠습니다. 혹여 집에 모르는 반지가 있다면 가져오십시오. 그리고 저희 아내에게 정식으로 사과하라고 하세요. 그렇게 하면 형사에게 그냥 우리 집 안에서 반지를 찾은 것으로 하고 덮겠습니다. 하지만 계속 부인한다면 저는 이 제3의 지문을 형사에게 넘기겠습니다."

그는 흥분을 가라앉히고 아무 말 없이 내 이야기를 경청하더니, 다시 자기 집으로 돌아갔다. 그리고 세 시간 정도 지났을 무렵 부부가 휴지에 싼 반지를 들고 우리 집으로 내려와 죄송하다며 실토했다. 그러고는 수일이 지나 그 사람들은 급하게 이사를 했다. 불미스러운 일이 있었으니 아무리 사과를 했어도 서로 얼굴을 보고 살기는 힘들었을 것이다.

그런데 내가 진짜 국과수에 지문 재취를 의뢰했을까? 아니다. 나는 그저 '국과수 지인'이라는 가상의 인물을 만들어내 고도의 심리전을 했을 뿐이다.

어떤 사건이나 위기가 닥치면 분노, 불안감이 밀려오는 것은 당연한 일이다. 그러나 잠시 잠깐이라도 자신의 감정을 누르고 사건의 전후 관계를 잘 살펴보면 해결의 실마리는 보이기 마련이다.

전세 사기

나는 요즘 판을 친다는 '전세 사기'도 일찌감치 경험한 사람이다. 미국 연수를 마치고 돌아온 후 아버지가 덜컥 계약한 집이 바로 전세 사기 물건이었다. 계약 당사자인 공인중개사 박 모 씨는 집주인이 아니었다. "집주인이 자신의 아내이기에 괜찮다"라고 주장했지만 좀 더 알아보니 둘은 이혼한 상태였다. 해당 집의 등기부에는 계속해서 압류나 추가 근저당 등이 덕지덕지 붙어 '터지기 직전의 시한폭탄' 같았다.

'이대로라면 선순위 채권자에게 내 전세 보증금이 다 넘어가 버린다!'

'이걸 어떻게 해결해야 할까?' 밤낮없이 법률 서적을 읽고 머리를 굴린 끝에 나온 답은 하나였다. 바로 경매를 통해 내가 이 집을 낙찰받는 것. 박 씨는 새로운 세입자를 들이려 했지만, 나는 이 핑계 저 핑계를 대며 집을 보여주지 않아 계약을 무산시켰다. 세입자를 들여도 자금 압박을 받고 있는 박 씨가 우리에게 보증금을 돌려줄 리도 없었다.

결국 빌라는 경매에 들어갔다. 나는 경매 당일 아내에게 원래 적으려던 금액보다 300만 원 더 높은 금액을 써넣으라고 말했고, 결국 우리가 낙찰받았다. 박 씨가 꼬드겨 경매에 참여한 다른 경쟁 입찰자보다 정확히 300만 원이 높은 금액이었다.

이후 나는 원래 보증금 중 선순위 채권자에게 넘어간 금액 3천만 원에 대한 채권을 박 씨에게 확보하기 위한 재판을 진행해 승소했다. 이제 채권 회수에 나설 시간이 되었다. 하지만 박 씨는 빈털터리 상태였다.

하지만 나는 그에게 없는 돈을 달라고 재촉할 생각이 없었다. 나는 어려운 일이 생기면 교보문고에 가서 해당 영역의 책을 다섯 권 구매한다. 그리고 책 안에서 문제를 해결할 실마리를 발견한다. 당시에도 경매 서적을 사 와서 문제를 해결할 방법을 찾고 있었는데 '채무자에게 숨 쉴 구멍을 만들어 주라'는 문구를 책에서 발견하고 나는 회유를 시작했다.

"박 씨, 2년 동안은 이자 안 받을 테니 원금만 매달 꼬박꼬박 갚으세요."

비록 냉철하게 법적 절차를 밟았지만, 회생의 길을 터주는 해결책을 제시한 것이다. 그는 나에게 꾸준히 원금을 상환했고 나는 집을 얻고 금전적 손해도 최소화할 수 있었다. 그 후 박 씨가 운영하는 공인중개사 사무소를 지날 때마다 그와 손을 흔들며 인사할 수 있는 사이가 됐다. 물론 나를 보는 그의 속내는 알 수 없지만 말이다.

병원에서 환자를 진단하든, 일상에서 무슨 사건이 일어나든, 법정에서의 다툼이든 작은 단서 하나에서 문제 풀이를 시작한다. 하나씩 실마리를 풀어나가다 보면 어느 순간 모든 것이 하나로 연결되며 실체가 선명하게 드러난다. 현재도 법원에서 상임전문위원으로 일하면서 의료분쟁 사건을 들여다보며 시시비비를 따지다 보면 시간 가는 줄 모르고 몰입하는데, 하나씩 문제를 해결하면서 상당한 보람을 느낀다.

누군가는 나에게 왜 개원을 하지 않느냐고 묻는다. 이유는 간단하다. 나는 성격상 불필요한 치료를 용납하지 못한다. 환자의 상태를 판단하여 이 정도는 지켜봐도 괜찮다며 대부분 돌려보낼 것이 뻔하다. 그러면

병원을 유지할 수 있을까? 개원의는 순수한 의료 행위를 넘어 경영의 영역도 고려하며 진료를 해야 한다. 나를 너무나 잘 아는 아내 역시 "당신은 개업하면 망하니까 개업의 '개' 자도 꺼내지 마라"라고 말해 왔다. 개원하여 돈을 벌기보다는, 지금처럼 사회 문제를 해결하는 과정에서 진실을 찾는 것이 내 기질에 더 잘 들어맞는 삶의 방식이다.

앞으로 더 소개하겠지만 내 주변은 이렇게 늘 사건의 연속이었다. 가만히 있다가도 사건의 주요 인물로 참여하며 실마리를 풀고 있을 때가 많았다. 뒤돌아보면 나의 성향도 꽤 작용했을 것이다. 같은 상황도 호기심 있게 들여다보고 문제를 발견하면 그것을 어떻게든 해결해 보려는 과제 집착력, 모른 척 지나치지 못하고 앞뒤 재지 않고 거침없이 돌진하는 성격(나중에 들었는데 병원 내에서 나를 돈키호테라 불렀다고 한다), 무언가를 깊이 파고들기 좋아하는 취향이 합쳐져 나는 늘 골치 아픈 사건에 휘말리고 어느 순간 문제를 해결하고 있었다. 아내는 언제나 그런 나를 만류하는 역할이었다. 하지만 아내의 결혼반지가 사라졌을 때와 전세금을 잃게 생겼을 때만큼은 아내의 전폭적인 응원을 받으며 나의 성향대로 거침없이 돌진하여 문제를 해결할 수 있었다.

8

담도폐쇄증 카사이 Kasai 수술

세브란스 소아외과 교수에서 서울고등법원 상임전문심리위원이 된
의학박사 한석주의 조금은 특별한 삶의 기록

8.

담도폐쇄증 카사이_{Kasai} 수술

담도폐쇄증은 씨스타의 효린이 앓았던 병으로 알려진 바 있고 <슬기로운 의사생활>의 익순이가 앓았던 병으로 드라마에도 소개된 바 있다. 신생아들은 여러 가지 이유로 황달이 나타나는 경우가 많다. 대체로 출생 후 2~3일경에 나타나며, 대부분 2주 이내에 자연스럽게 사라진다. 이 황달을 생리적 황달이라고 한다. 이는 신생아 적혈구가 빠르게 분해되어 빌리루빈 생성이 증가하고, 미성숙한 간이 이를 처리하고 배출하는 능력이 부족해서 발생한다.

다음으로 모유 황달이 있는데 모유 수유 초기에 간 기능이 충분하지 않을 때 황달이 생길 수 있으며, 생후 1주 이상 지속되는 경우 후기 모유 황달로 보고 심할 경우 자외선 치료 등을 시행한다. 혈액형 부적합성 황달은 Rh 또는 ABO 혈액형 부적합으로 적혈구가 용혈하면서 나타난다. 낮은 비율로 출생 전후 감염이 원인일 수 있으며 패혈증, 요로감염, 신생아 감염 등이 황달을 유발할 수 있다. 위의 신생아 황달은 생후 24시간 이내에 나타나서 14일 이내에 사라지지만, 심한 경우 자외선 치료를 병행해야 한다.

하지만 2주가 지난 후에도 아기의 황달이 사라지지 않는 병적 황달이 있다. 병적 황달의 원인은 200여 개가 넘는데, 이 중 담도폐쇄증과 같이 담도가 막히면 간에서 생성된 담즙이 장으로 배출되지 못해 간이 손상된다. 그대로 두면 간경화가 심해져 결국 환자는 생후 2년 이내에 사망에 이른다.

담도폐쇄증의 원인은 아직 밝혀지지 않았지만 선천적, 유전적, 후천적 바이러스 감염 문제로 담즙이 흘러가는 담도에 염증이 발생하고 담도가 망가져서 담즙 흐름 장애가 나타나는 것이다. 이 질환이 세상에 알려진 것은 1865년 헬슐Heschl 등이 7개월 된 아기의 사망 원인을 찾기 위해 사체를 부검했다가 담도가 존재하지 않는 것을 확인하고 학계에 보고한 사례가 시작이었다. 이것이 문헌상에 존재하는 최초의 담도폐쇄증이다. 그 후 황달이 사라지지 않는 신생아들에게 담도폐쇄증이 있다는 것을 확인할 수 있었지만 특별한 치료법이 없어 생후 2년 내에 모두 사망했다.

이후 1959년 일본 토호쿠Tohoku대학의 카사이Kasai 교수가 처음으로 치료를 위한 수술을 시행하면서 이 수술이 카사이 수술Kasai Operation로 알려지게 되었다. 하지만 고난도의 예민한 수술이라 전 세계적으로 이 수술법이 활발히 확산되지 못하고 있었다. 카사이 수술을 한다고 해도 수술 후 황달이 소실되는 경우는 3분의 1이었고, 다른 3분의 1은 황달이 감소하기는 하나 정상화되지 않아서 간 손상이 계속 천천히 진행되어 결국 간이식을 받아야 생존할 수 있었다. 또 나머지 3분의 1은 카사이 수술을 받았음에도 불구하고 불행하게 황달이 감소하지 않아서 2년

이내에 간이식을 받지 않으면 사망할 수밖에 없게 되는 경우였다.

1970년대 들어 이 수술 방법이 서서히 알려지기 시작하면서 담도폐쇄증 환자들이 카사이 수술로 생명을 구한 사례가 국내외 학계에 보고되기 시작했다. 하지만 국내 수술 사례는 많지 않았는데 적극적으로 카사이 수술을 해보겠다는 외과 의사가 없었기 때문이다. 카사이 수술 집도를 의뢰받은 외과 의사들은 대부분 보호자에게 이렇게 말했다.

"아기의 질병은 예후가 나빠서 카사이 수술을 해도 정상인과 같은 생활이 불가능한 임시적 수술로 결국은 간이식을 해야 하는데, 간이식은 성인도 힘들어서 젖먹이들의 간이식 결과는 결코 좋을 수가 없습니다. 그래도 카사이 수술을 받으시겠다고 하면 제가 수술해 드릴 수도 있습니다." 이런 식의 설명을 들은 많은 보호자가 아기를 포기하고 돌아서는 일이 많았다.

내가 영동 세브란스병원에 파견을 가서 2년 차 레지던트로 주니어 소아외과 교수의 회진 전공의를 하고 있을 때, 소아과에서 담도폐쇄증 환아에 대한 수술 협의 진료 의뢰가 들어왔다. 평소대로 협의 진료 환아를 만나보기 전 내가 하는 일은 교과서를 정독하고 관련 논문을 확인해 병을 이해하고, 교수님에게 보고하기 전 환자를 진찰하고 보호자에게 질병에 관해 설명해 보호자가 병에 대해 이해하도록 돕는 것이었다.

담도폐쇄증에 대해 안내를 하려고 병실에 갔을 때 환아와 아기의 부모 그리고 할아버지가 함께 있었다. 나는 검사 결과를 토대로 아기가 담도폐쇄증의 가능성이 높으며 과거에는 치료 방법이 없었지만, 카사이 수술 후 3분의 2의 환자가 생존한다고 설명했다. 예후가 좋지 않은 경우 소아 간이식도 시작되어 현재 가까운 일본에 성공 사례가 있으니, 국내에서도 같은 방식의 수술을 시도해 볼 수 있을 것이라는 희망적인 안내도 했다. 환아의 부모님과 할아버지는 낮은 생존율과 간이식이라는 말에 놀랐지만, 아기를 살리기 위해서라면 할 수 있는 것은 다 해보고 싶다고 말씀하셨다.

다음 날 나는 환아의 상태를 소아외과 주니어 교수에게 보고했다. 주니어 교수는 나의 보고를 듣더니 수술을 시도해 볼 생각이 없다는 태도라서 나를 긴장시켰는데, 직접 환아를 보더니 단도직입적으로 보호자들에게 다음과 같은 첫 마디를 뱉어냈다.

"이 병은 못 고칩니다."

"네에?"

아기의 가족들이 일제히 놀라서는 나를 쳐다보았다. 그리고 나를 가리키면서 주니어 교수에게 말했다.

"저 선생님이 수술할 방법이 있다고 했는데요?"

교수는 나를 황당하다는 듯이 힐끔 노려보고는, 다시 단호하게 그들을 보며 말했다.

"미국이나 일본으로 데리고 가보시면 모를까, 우리나라에서는 어렵습니다."

순간 아이 엄마는 울음을 터트렸다. 아기를 살려보겠다고 지방에서 서울로 올라왔는데 다시 미국이나 일본으로 가보라니, 아이의 할아버지와 아버지도 교수의 말에 크게 절망하는 표정이었다. 그의 사형선고나 다름없는 한마디로 아기는 졸지에 해외로 가지 못하면 죽을 날만 기다려야 하는 신세가 된 것이다.

나는 그 주니어 교수가 환아와 가족을 무책임하게 대하고 있다고 생각되어 속으로 무척 화가 났다. 어떻게든 살려보려고 노력하는 기색도 없이 환자를 그대로 포기해 버릴 수가 있을까? 만일 그 아기가 처음부터 신촌 세브란스로 왔다면 황의호 교수님께 말씀드리고 부모님의 동의를 얻어 수술을 준비해 볼 수 있었겠지만, 당시 나는 레지던트 4년 차도 아니고 2년 차라는 짬밥의 한계로 의견을 내기 어려운 처지였다.

그 가족이 절망하며 병원을 나서던 모습을 아직도 나는 잊을 수가 없다. 그날 밤늦게까지 병원에 남아 담도폐쇄증에 대한 해외 논문을 찾아 읽으며 레지던트 2년 차라는 내 처지를 원망했다. 이후 그날의 분노와 절망감을 기억하며 '내가 아무리 피곤해도, 어떤 어려운 경우라도 환자를 포기하는 의사는 되지 말자. 할 수 있는 치료는 다 해보자' 하는 태도로 지금까지 살아온 것 같다.

그렇게 나머지 레지던트 수련 기간을 마치고, 전문의 자격증을 따고 춘천에서 1년 외과의로 근무하고 나서 소아외과 펠로우로 2년을 보낸 뒤 나는 연세대학교 의과대학 소아외과 전임 교수가 되었다. 그사이 6년이라는 세월이 흘렀다. 어느 날 소아과 정기섭 교수님으로부터 입원한 환자 중 담도폐쇄증이 의심되어 카사이 수술이 필요할 것 같다는 협의 진료 요청이 왔다. 오랜 기간 준비해 왔기에 해보겠다고 했다.

그렇게 시도한 첫 수술부터 성공적이었다. 첫 카사이 수술 환아는 1개월 만에 황달이 모두 사라지고 간 기능도 거의 정상으로 회복되었다. 소아과 정기섭 교수도 크게 기뻐하며, 이후에도 황달로 내원한 환아 중에서 담도폐쇄증이 의심되면 나에게 계속 협의 진료를 의뢰해 주셨다. 대략 다섯 명의 환자를 연이어 수술했는데 모두 아주 좋은 예후를 보였다. 정기섭 교수님께서는 수술을 너무 잘한다며 내게 과찬에 가까운 격려를 해주시고는 했다.

당시 다른 대학병원에서도 담도폐쇄증에 걸린 환아의 수술을 포기하여 절박한 심정으로 나를 찾아오는 환자가 점점 많아졌다. 대다수의 소아외과 교수들은 카사이 수술을 해도 간이식 없이 살 수 있는 확률이 낮고, 후유증에 대한 관리법이나 치료법도 정립되어 있지 않은 담도폐쇄증을 극복해 보겠다고 나서지 않았다. 그래서 담도폐쇄증에 대한 의사의 비관적인 설명을 듣고 아이를 포기하는 부모가 당시에는 많았다.

나는 한 아이라도 더 살려야 한다는 생각이 들었다. 담도폐쇄증에 대한 정보가 부족한 부모들이 아이를 포기해 버리기 전에, 담도폐쇄증 정보를 찾아보고 나에게 연락을 취할 통로가 필요했다. 나는 담도폐쇄증 정보를 담은 개인 홈페이지www.biliaryatresia.org를 만들기로 하고, 교보문고에 가서 홈페이지 만들기를 다룬 책을 사서 코딩을 공부했다. 코드를 짜서 홈페이지를 만들고 여기에 환자와 직접 소통하기 위한 게시판도 열었다.

홈페이지에 공개된 담도폐쇄증 정보를 검색하고, 아기가 유사한 증세를 보일 때 게시판을 통해 내게 직접 문의해 오는 환아 가족들이 늘어나기 시작했다. 같은 전공을 한 외과의 중에는 내가 홈페이지를 운영하며 환아 가족의 문의에 직접 응대하고, 정보를 공유하는 것을 못마땅해하는 사람도 있었다. 하지만 나는 환자 가족들도 담도폐쇄증이 어떤 병이고 어떻게 수술하는지 알고 판단할 권리가 있다고 생각하며, 담관낭종이나 신생아 감염 같은 병증에 대한 구체적인 정보와 수술 방법도 같이 게시했다.

타 병원에서 담도폐쇄증이 의심된다는 진단을 받은 부모들이 내 홈페이지에 있는 정보를 접하고 희망을 찾고자 내게 문의를 해왔다. 나는 환자 가족들과 직접 소통하기 시작했고, 수술 경험이 쌓이면서 수술 방법도 고도화해 나갔다. 하지만 담도폐쇄증이라는 같은 병명을 가지고 있어도 간의 상태가 다르고, 담관의 형성 정도가 달라 예후를 보장하기 어려웠다. 담도폐쇄증 환아와 그 보호자가 투병하는 과정을 지켜보며 의사로서 안타까운 순간을 정말 많이 겪었다.

수술했지만 환자의 예후가 좋지 않을 때, 절망하는 가족들을 보면서 내가 왜 이렇게 힘든 병에 관심을 가지게 되었는가 스스로를 원망한 적도 있다. 하지만 소생하기 어려운 병증이라고 나까지 절망하고 포기해 버리면 담도폐쇄증 환아와 그 가족에게는 아예 희망이 없다는 것을 알기에 매번 최선을 다해 수술하면서 극복해 보려고 노력했다. 수술 경과는 논문으로 작성해서 내 수술에 대해 전 세계 의료진의 피드백도 받고

자 했다. 가장 중요한 것은 환자와 보호자 모두 희망의 끈을 놓지 않는 것이고, 이를 위해서는 수술을 받고 건강하게 살아가는 동료 환자들의 격려가 필요했다. 내가 수술을 담당했다면, 가족들에게 희망을 주고 격려하는 일을 담우회에서 해주었다. 지금까지 수십 년을 그렇게 방현진 회장님이 동병상련의 정을 나누어 주고 계시며, 그분이 담도폐쇄증이라는 병과 모두가 싸우는 데 정말 큰 역할을 했다고 생각한다. 다행인 것은 이제 소아 간이식 성공률도 높아져서 카사이 수술로 담즙 배출이 정상화가 되지 못하면 소아 간이식으로 환아를 살리는 수준으로 발전했다는 점이다.

이제 의료진의 입에서 "담도폐쇄증은 못 고칩니다"라는 말이 사라지고 "담도폐쇄증에 걸렸다면 3분의 1은 카사이 수술을 받고 건강하게 생존하고 3분의 2는 간이식까지 하면 생존할 수 있다"로 바뀌었다. 이렇게 되기까지 어언 20년이 넘는 세월이 걸렸다. 힘들었지만 정말 값진 시간이었다. 그사이 논문도 많이 쓰고 학회에서 사례를 공유하다 보니 전 세계에서 담도폐쇄증과 싸우는 의사는 물론, 환자 가족들과의 정보 교류도 활발해졌다. 이제는 당당히 말할 수 있다.

"이 병, 고쳐볼 만합니다."

세브란스 어린이병원 소아외과 교수 한석주
내 생애 최고의 수술

9

심평원 부실 심사에 맞서다

세브란스 소아외과 교수에서 서울고등법원 상임전문심리위원이 된
의학박사 한석주의 조금은 특별한 삶의 기록

9.

심평원 부실 심사에 맞서다

담도폐쇄증을 진단받아 카사이 수술을 받은 환아 중 약 70%에게 담도염Cholangitis이라는 합병증이 필연적으로 따라온다. 이는 잘라낸 소장을 간 문맥에 있는 작은 담도들에 연결하는 카사이 수술 특성상, 수술 부위를 통해 소장의 세균이 담도로 올라가 증식하면서 담도에 염증이 생기기 때문이다. 다행스럽게도 담도염에 걸린 환아 대부분은 입원하여 적절한 항생제 투여를 하면 담도염이 해결되고 좋아져서 일상생활로 돌아갈 수 있다. 하지만 일부 환자는 항생제를 사용해도 담도염이 가라앉지 않아 고열이 지속되고 간 기능이 급격하게 나빠져서 간이식을 해야 생명을 구할 수 있는 경우도 있다. 또 일부는 항생제로 담도염이 해결된 것 같아서 퇴원시키면 얼마 지나지 않아 담도염이 재발해 다시 입원하여 항생제 치료를 거듭해야 한다.

나는 카사이 수술 후 많은 담도염 환자를 추적하다 보니 이와 같이 잘 치료가 되지 않고 완고하게 저항하는 담도염 환자들이 꽤 존재함을 인지하게 되었고, 이러한 경우를 난치성 재발성 담도염Recurrent Intractable

Cholangitis이라고 부르기 시작했다. 난치성 재발성 담도염 환자의 경우 오랜 기간 병원에 입원하느라 가정이 파괴되고 환아의 부모가 이혼까지 하는 경우를 목격하기도 했다. 이 때문에 투약을 위해 장기입원을 하는 대신 집에서 항생제를 투약할 방법을 고민하다가, 환아에게 중심정맥관을 삽입하고 보호자에게 항생제 정맥 투여 방법을 교육하여 퇴원시키는 방법이 가능하다고 생각하게 되었고, 나는 곧바로 실행에 옮기기로 했다. 이 방법을 추후 자가정맥항생제치료HIVA, Home Intravenous Antibiotic Treatment(이하, HIVA 치료)라 이름 짓고 학계에 처음으로 보고했다. 당뇨병 환자의 인슐린이나 비만치료제 위고비를 직접 집에서 주사로 투약하는 것과 같이, 항생제를 직접 투약하는 치료 방법이 자가정맥항생제 치료인 것이다.

P양은 생후 1개월 만에 담도폐쇄 진단을 받고 2004년 타 대학병원에서 카사이 수술을 받은 후 나를 찾아온 환아였다. P양을 살펴보니 문제는 난치성 담도염으로 자주 고열에 시달리고 장기입원을 반복하고 있다는 것이었다. P양의 어머니는 P양을 살려보려는 노력으로 <사랑의 리퀘스트>라는 텔레비전 프로그램에 출연해 간이식에 대한 도움을 시청자에게 요청하기도 한 적극적인 엄마였다. 나는 HIVA 치료를 해보자고 권유했고, 다행히 2년 후인 2006년 증상이 호전되어 HIVA 치료를 중단할 수 있었다.

하지만 몇 달 지나지 않아 P양은 난치성 담도염이 재발했고 2006년 9월부터 2007년 11월까지 2차 HIVA 치료를 받았다. 병원은 이전처럼 진료비와 항생제 약값을 건강보험 급여로 처리했다. 그런데 심평원의 진료비 심사에서 P양의 2차 HIVA 치료에 쓴 항생제 비용 중 2006년 9월부터 2007년 1월에 해당하는 부분은 전액 인정되었으나, 2007년 3월 이후 청구분은 전액 삭감되었다.

1차 HIVA 치료 시행 때와 2차 HIVA 치료의 전반부는 급여로 인정해 주면서, 왜 2차 HIVA 치료의 후반부 항생제 일부만 삭감 처리를 하는지, 귀에 걸면 귀걸이 코에 걸면 코걸이 같은 제멋대로의 심사 기준에 분통이 터졌다. 그들의 기각 사유는 "담도계 질환자의 경우 카사이 수술 후 담관염이 자주 생겨 입퇴원을 반복하는 사례가 많아 입원 치료 시에는 정맥주사 항생제를 투여하고, 외래에서 통원 치료를 할 때는 경구 항생제를 투여하는 것이 원칙"이라는 것이었다. 재발한 난치성 담도염의 경우 경구 항생제로는 담도염 완화를 기대하기 어려울뿐더러, 이전에는 인정해 주다가 갑자기 삭감하면서 없던 원칙을 들이대는 셈이었다. 계속 이렇게 때마다 다른 심사 결과를 적용한다면 그 피해는 고스란히 환자들 몫이라는 생각이 들어, 나는 이들의 처분에 불복하고 싸우기로 했다.

절차대로 국무총리행정심판위원회에 행정심판을 제기했지만 기각되었다. 나는 행정소송을 하는 방법밖에 없겠다는 생각으로 병원 내 절차를 거치고 병원장의 결재를 받아, 정식으로 변호사를 선임하고 소송을 진행했다. 소송의 목적은 삭감된 몇백만 원의 항생제 비용을 받아내자는 것이 아니라, 판례를 남겨 같은 일이 반복되는 것을 막고자 하는 것이었다. 내 소송의 의미를 정리하면 다음과 같다.

1. 환자 보호의 책임

HIVA 요법이 보험급여로 인정되지 않으면 P양과 같은 환자들은 한 달에 300만 원 이상의 진료비를 직접 부담해야 하는 막대한 경제적 어려움에 직면한다. 환자의 이러한 부담을 막기 위해서 불합리한 무원칙 진료비 삭감 관행은 반드시 시정되어야 했다. 담도폐쇄증 환자들의 모임인 담우회가 이 소송에 보조참가자로 가세한 것도 바로 이 때문이었다. 그들도 이 판결의 결과가 다른 환자들의 이후 치료에 미칠 영향이 크다는 사실을 잘 알고 있었다.

2. 의료 전문성 존중의 요구

현장에서 주치의의 지식과 경험으로 판단하여 적용한 정당한 진료에 대해서 심평원이 원칙도 기준도 없이 진료비 인정과 삭감을 오락가락하는 현실을 더는 보고만 있을 수 없었다. 이는 의료계의 자율성과 전문성을 심각하게 훼손하며 벌이는 심평원의 갑질에 불과하며 피해는 병원과 환자의 몫이 되고, 이런 일이 반복되면서 관련 행정력 낭비도 심각하다고 생각했다.

3. 잘못된 시스템에 경종 울리기

나는 심평원의 잘못을 시정하고 향후 유사한 진료비 삭감 사례가 생기는 것을 막기 위해 반드시 판례를 남겨야겠다고 생각했다. 사실 심평원 심사에 이의를 제기하는 의사는 나 말고도 뉴스에 흔히 등장한다. 부실하게 평가되고 마구잡이식 삭감이 이루어지는 경우가 생각보다 많기 때문이다.

2009년 11월 행정소송이 제기되었고 심평원은 "항생제 투약은 항생제 감수성 검사를 통해 진행되어야 하는데, 이 치료는 교과서의 항생제 사용 원칙 중 하나인 항생제 감수성 검사의 세균배양 결과가 첨부되지 않았으므로 원고의 주장은 탄핵되어야 한다"라고 주장하며 감염학 교과서를 증거로 제시했다. 나는 이미 HIVA 치료를 연구하며 동일한 책을 도서관에서 대여해 정독한 바 있었고, 그동안 심평원이 '항생제 감수성 검사의 세균배양 검사 결과 없이 항생제를 사용하는 것은 부당하다'는 엉터리 주장을 하면서 항생제에 대한 건강보험 급여를 삭감하고 있다는 것을 알고 있었다. 나는 기다렸다는 듯이 심평원이 증거로 제출한 같은 교과서의 같은 페이지에 '항생제 감수성 검사 결과 세균이 배양되지 않는 경우는 매우 흔한 일이며, 이런 경우에는 경험적 항생제 선택을 해야 한다'는 항목을 재판부에 증거로 제출했다.

그러자 건강보험심사평가원은 P양의 HIVA 치료에서 삭감된 항생제 급여를 아무런 해명 통보도 없이 우리 병원 은행 계좌로 입금하고, 급여 삭감 처분을 취소했다는 통보서를 병원과 재판부에 제출했다. 심평원의 행동은 스스로 불합리하게 삭감했음을 시인하는 것이었다.

법원에서는 행정소송의 원인이 되는 행정처분(항생제 급여 삭감)이 행정청(피고, 심평원)에 의해 취소되었으니 사건을 각하하리라는 것을 나는 잘 알고 있었다. 하지만 이 사건의 소송 목적은 판례를 정확히 남겨서 같은 일이 반복되지 않게 하는 것이었다. 각하가 되면 판결문이 남지 않게 되어 내가 행정소송을 시작한 목적을 달성하지 못하게 된다.

나는 다음과 같은 내용을 담은 의견서를 재판부에 제출했다.

"이 소송은 몇백만 원의 경제적 손실을 회복하기 위한 목적이 아닙니다. 이대로 각하되어 종결되면 피고인 심평원은 이후에도 원칙 없이 부실한 심사를 하는 데 어떠한 부담감도 느끼지 않을 뿐 아니라, 주치의의 전문성을 무시하고 진료비 삭감을 통해 환자들에게 경제적 부담을 전가하는 행위를 반복할 것입니다. 이런 관행이 되풀이되는 것을 막기 위해서라도 소송 각하 결정서에 원고가 청구한 소송비용을 피고에서 부담하게 해주시기를 희망합니다."

재판부에 심평원이 스스로 잘못을 인정하고 소송의 원인인 행정처분을 취소했으니 변호사 비용을 포함한 소송비용 전액을 심평원이 부담하게 해달라고 요청한 것이다. 재판부는 이 사건 소송은 심평원이 삭감 처분을 직권 취소함에 따라 각하하되, 이는 행정청이 처분을 취소해 소를 각하하는 사례이므로 피고가 소송비용을 부담하라고 통보했다. 내가 선임한 현두륜 변호사(법무법인 세승)는 이번 사건을 두고 진료비 삭감액보다 소송비용이 더 많이 들어가기 때문에 승소해도 상처뿐인 영광일 수도 있지만, 부실한 심사 관행5)에 경종을 울렸다는 데 의미가 있

---

5) 한석주 교수, 심평원 부실 심사에 경종 울렸다(메디칼타임즈, 2010.09.15.)
　https://www.medicaltimes.com/Users/News/NewsView.html?http://www.medigatenews.com/Users2/News/ NewsView.html?ID=95601

다고 말했다. 그도 이번 일을 겪으며 적어도 심평원이 진료비 삭감 이의 신청에 대해 실질적인 심사를 했더라면 행정소송이나 행정력 낭비를 막을 수 있었을 것이라고 덧붙였다. 이 사건 이후 나와 현두륜 변호사와의 인연이 다른 사건에서 악연으로 연결되는 계기가 되었다.

결과적으로 나는 소송 과정에서 심평원 측이 삭감의 부당함을 스스로 인정하도록 했고, 심평원이 소송비용을 부담한다는 판결을 이끌어 '두 마리 토끼'를 다 잡았다. 아쉬운 점은 같은 건에 대해서 진료비 삭감이 이루어지지 않을 줄 알았던 내 기대와는 달리, 이후에도 크게 심사 방식이 개선된 것은 없다는 점이다. 심사평가위원이 누구냐에 따라서 결과가 다르게 나온다. 사람이 하는 일에 오류가 있을 수는 있겠지만 이는 시스템이 부재해 일어나는 문제라고 생각한다.

심평원에서 비슷한 사안을 불인정하는 사례가 종종 있고 우리 병원은 위 사건의 각하 사례를 들어 이의신청을 통해 보험급여로 인정받는 수고를 하고 있다. 그러나 문제는 다른 병원의 경우이다. HIVA 치료에서 항생제 사용을 심평원이 불인정하면서 '항생제 감수성 검사 결과가 없으므로 부당한 항생제 사용'이라고 하는 엉뚱한 심평원의 주장에 굴복해 손실금으로 처리하는 경우가 있는 것 같아서 마음이 편하지 않다. 같은 사례에 다른 판단을 수시로 하고, 병원별로도 다른 결과를 보내고, 이의신청을 받아야 비로소 직권 취소를 하는 심평원의 이러한 불합리한 운영 행태는 부디 개선되면 좋겠다.

10

나영이 주치의가 되다!

10.
나영이 주치의가 되다!

2008년 나영이 사건은 국민 모두를 충격으로 몰아간 엽기적인 사건이었다. 그 아이의 신체적인 문제도 문제지만 심각한 우울증 등 정신적인 문제를 극복하는 것이 시급했다. 당시 나는 세브란스 어린이병원 진료부장을 하고 있었고, 우리병원 소아정신과 신의진 교수가 나영이의 정신과 주치의로서 진료하고 있다는 것을 인지하고 있었다.

어린이병원 임상 과장 회의가 열리면 신의진 교수가 소아정신과 과장으로서 참석하게 되는데, 이제는 고인이 되신 당시 어린이병원 김덕희 병원장님이 매번 나영이의 근황을 물어보고는 하셨다. 전 국민적인 관심도 컸지만, 병원 내부에서도 나영이의 상태를 염려하며 걱정하고 쾌유를 빌고 있었다. 그러던 어느 날이었다.

"장루를 평생 달고 살지 않을 방법이 있나요?"

신의진 교수가 소아외과 과장이기도 한 나에게 나영이가 장루를 평생 달고 살지 않을 방법은 없는지 뜬금없이 물어왔다. 장루를 없애고, 장루와 연결해 대변을 받아내는 배변주머니Colostomy Bag를 떼어 정상적으로 항문으로 변을 보면서 살 방법에 대해 묻는 것이었다. 나영이는 우리 병원에서 장루 수술을 받은 아이가 아니다 보니 당시 어떻게 수술이 진행되었고 현재는 어떤 상태인지 나로서는 전혀 알 수 없었다. 그러나 기초적인 의학 상식에 따라 신 교수의 질문에 어쩌면 가능할 것 같다고 대답하고 여러 가능한 경우를 예로 들어 설명해 주었다. 신 교수는 아이 부모에게 말해 주어야겠다면서 더 이상 다른 질문을 하지는 않았다.

당시 나는 산악자전거 동호회 회장(지금은 사라진 포털 사이트 엠파스의 카페 '양화나루 MTB')이었다. 어느 일요일 새벽, 회원들과 함께 자전거를 차에 매달고 내가 직접 운전해 포천 왕방산으로 라이딩을 하러 이동하게 되었다. 당시 조수석에는 '무차'라는 카페 닉네임을 쓰는 친구가 타고 있었는데, 무차는 영화 <취화선>의 포스터 사진을 찍은 사진작가이기도 했으며 나와는 격의 없는 사이였다.

아침 7시 뉴스를 라디오로 들으면서 포천으로 가는데, 뉴스에 나영이 이야기가 나왔다. 영구적으로 인공장루를 달고 있어야 하는 나영이는 평생 배변주머니를 배에 차고 살아야 하는 상황이었다. 어려운 나영이 집안 사정을 알게 된 배변주머니 수입업체에서 나영이에게 평생 무상으로 배변주머니를 공급해 주기로 했다는 훈훈한 내용이 방송되었다. 무차는 조두순 사건에 대해 크게 분노하면서 나영이가 평생 장애를 가지고 있는 것으로도 모자라 배변주머니를 달고 살아야 하는 것이 너무 속상하다고 말했다. 나는 나영이 상태에 대해 자세히는 알지 못했지만, 변을 잘 보던 정상적 배변 능력을 가졌던 아이가 장을 잘라냈다고 해서 평생 장루를 가진 채 배변주머니를 달고 살아야 한다는 것은 이해하기 힘들다고 말했다. 그러면서 정상 배변을 하던 아이는 배변 담당 근육의 기능, 변의를 느끼는 감각 기능, 배변을 조절하는 뇌의 조절 센터 등이 완전하게 기능했으므로, 대장이 없더라도 소장을 이용해 직장처럼 변 보관 기능을 하는 주머니 모양을 만들고 항문을 잘 만들어 주면 배변을 잘하더라는 나의 임상경험을 이야기했다. 선천적으로 항문 없이 태어난 아기라면 물리적 수술로 항문을 만들어 주더라도 타고난 배변 기능이 선천적으로 모자라기 때문에 변을 잘 못 본다. 하지만 후천적으로 정상 항문이 소실된 경우라면 인공적으로 항문을 만들어 주었을 때 거의 정상 기능을 회복하는 사례를 본 적이 있었다. 그는 내 이야기를 듣고 나를 빤히 보더니 물었다.

"그럼 나영이는?"

"나영이의 경우 원래 적절한 시기에 배변 학습이 되어서 배변을 수년 간 했고, 항문 주변 근육 손상이 심하지 않다면 항문을 만들어 주었을 때 변을 잘 볼 수도 있겠지!"

"그런데 왜 안 만들어 줘?"

나는 그 말에 또 의사 입장의 견해를 설명했다.

"담당 의사가 판단했겠지. 나도 최근에 한 아기가 사고로 있던 항문이 없어져서 오는데, 의료사고였어. 태어날 때부터 정상 항문이 있었던 아이를 동네 의원에서 관장을 시켰는데, 의사가 글리세린으로 관장을 시키라고 했거든. 근데 간호사가 양잿물이 비슷하게 보이니까 글리세린 대신 양잿물로 관장을 시키는 바람에 대장 입구와 항문에 화학적 화상을 입어서 녹아내렸어. 강알칼리성으로 조직이 망가진 거지. 그래서 일단 아이는 살려야 되니까 다른 병원에서 장루를 뽑는 수술을 우선 했어. 그러고 나서 그 엄마가 나를 찾아와서 평생 이렇게 살아야 하냐면서 항문을 만들어 줄 수는 없느냐고 묻는 거야. 그래서 내가 가만히 생각을 해보니까 차례대로 항문 주위 근육을 열고 대장을 끌어내리고 나서 근육을 차례대로 봉합하면 항문을 만들 수 있겠더라고. 그렇게 항문을 만들어 줬더니, 원래 배변 훈련이 되어 있었던 아이라 그런지 거의 정상적으로 변을 보더라니까!"

무차는 눈을 반짝이면서 내 얘기를 듣고 있었다. 나는 계속 말을 이어갔다.

"태어날 때 항문이 없는 애들은 주변 근육도 신통치 않게 만들어지고, 배변과 배뇨 신경도 장애를 가지고 태어나고, 무엇보다 항문으로 변을 보거나 배변 훈련을 적기에 받은 기억이 뇌에 없지. 그래서 항문을 제 위치에 만들어 줘도 배변 능력이 모자라서 변을 흘리고 평생 기저귀를 차는 경우가 있어. 그런데 정상인 아이가 사고로 항문을 잃으면 이미 배변 능력이 정상적으로 만들어져 있었고 뇌도 배변했던 기억이 있거든. 머리에 학습이 되어 있는 거야. 그 기억으로 새 항문을 잘 사용하는 것 같아."

그것은 나의 오랜 임상경험에서 나온 이야기였다. 나는 레지던트 시절부터 교수가 된 이후까지 항문이 없는 아기의 수술을 수도 없이 해왔다. 그뿐만 아니라, 항문 없는 아기 수술의 대가인 알베르토 페냐Alberto Peña 교수가 내한해 우리 병원에서 대한소아외과회원들에게 수술 시연을 할 때 수술 조수로 참석하는 영광을 가진 적도 있었다. 그래서 항문 없는 아이들 수술 성적이 좋다고 소문이 나서 항문 없는 아기들이 전국에서 나를 찾아왔다. 환자가 많아지면서 하루에 항문 없이 태어난 아기 세 명을 수술한 날도 있었다. 나는 배변 훈련이라는 것에는 말 배우는 것처럼 최적의 시기가 있다고 생각하는 사람이다. 그래서 항문 없이 태어나는 아기들에게 한시라도 빨리 항문을 만들어 주는 수술을 해야 하고, 항문을 활용해 변을 보는 게 익숙해지는 적기를 놓치지 말아야 한다고 강조하고는 했다. 지금 소아외과 교수들은 이 이론에 따라 항문 없는 아기들에게 수술을 조기에 시행하고 있는 것으로 보인다.

"나영이는 대장을 다 잘라냈대."

무차는 나에게 자신이 들은 것을 설명했다. 운전하며 전방만 주시하던 나는 그의 표정이나 말의 의도를 확인할 새도 없이 말을 이어갔다.

"대장을 다 잘라내는 경우는 별로 없어. 대장은 디근 자 모양으로 꺾여 있잖아. 외부에서 이물질이 들어와도 대장이 디근 자라 범인이 항문을 통해 대장 전체를 못 쓰게 만들기는 매우 어렵다고!"

나는 대장의 꺾인 모양 때문에 항문을 이용해 대장 전체에 모두 손상을 주는 것은 불가능하므로, 대장을 모두 잘라냈다는 것부터가 이해가 되지 않는다고 말했다. 염증성 장질환이나 다른 질환으로 대장을 모두 잘라내는 경우에는 남아 있는 소장을 접어 J 자 모양의 주머니 J Pouch를 만듦으로써 변을 보관할 공간을 확보하고, 원래 항문 위치에 소장을 끌어 봉합하는 방법으로 새 항문을 완성해 이를 통하여 변을 보게 하는 것도 가능하다는 설명도 했다. 그러면서 염증성 장질환이나 대장암으로 대장을 다 잘랐을 때 성인 외과 의사들이 시행 중인 J 자 모양의 주머니 수술을 나영이에게 적용할 수 있을 거라고 말했다. 운전하면서 설명을 했기 때문에 나는 무차가 나를 보는 표정을 읽을 여유가 없었다. 이윽고 무차의 목소리가 들렸다.

"너 뭐 하냐?"

"어?"

"너 뭐 하냐고!"

"나?"

"방법이 있다면서, 너는 뭐 하고 있냐고!"

그제야 바라본 그의 눈은 나를 책망하고 있었다. 조두순 사건은 전 국민이 다 아는 범죄 사건이고, 나영이가 우리 병원에서 소아정신과 치료도 받고 있으며 장루를 평생 가지고 살아야 한다는 것도 이미 언론과 신 교수에게 들어서 안다. 게다가 수술 방법도 알고 있고, 수술 경험도 많으면서 나영이 수술 안 해주고 뭐 하냐는 것이 그의 말이었다. 그 순간 신의진 교수가 나에게 했던 질문이 다시 떠올랐다.

"장루를 평생 달고 살아야 하나요?"

순간 나의 가슴에 무거운 돌 하나가 턱 하니 내려와 얹힌 기분이었다. 왕방산에서 산악자전거를 타는 내내 나영이가 머릿속을 맴돌았다. 귀에서는 "너는 뭐 하냐?"라는 무차의 책망이 왕방산 천불상의 꾸지람이 되고 메아리가 되어 귀에 울려 퍼졌다. 나는 집에 오자마자 허둥지둥 나영이 사건의 자료부터 검색해 보았다. 조두순의 진술 내용과 신의진 교수의 인터뷰 내용이 실린 기사가 있었다. 조인스닷컴의 기사였다.

피해자 나영(가명)이가 '범인을 처벌하고 싶은 마음을 표현했다'며 그린 그림

출처: 중앙일보 조인스닷컴

신의진 소아정신과 교수는 "나영이는 성폭행을 당한 뒤에도 수많은 어른들에게 상처를 받았다"라며 "우리 사회가 아동 성폭행 문제에 얼

마나 무지한지 알 수 있다"라고 분노했다. 나영이가 처음 왔을 때 굉장히 우울증이 심했다면서 "사건 발생 직후부터 정신과 치료를 함께 받았어야 했는데, 사건이 있고 두 달이 지나서야 찾아왔다. 경찰도, 검찰도, 외과 수술을 한 병원도 정신과 치료의 필요성을 알려주지 않았다"라고 말했다. 신 교수는 나영이가 우울증과 '외상후스트레스장애PTSD'를 겪고 있다고 설명하며 "나영이는 지금도 텔레비전에서 큰소리가 들리거나 잔인한 장면이 나오면 화들짝 놀라고 손으로 얼굴을 가리며 떤다"라고 말했다. 신의진 교수가 나영이를 처음 보았을 때 옆구리에는 커다란 성인용 배변주머니가 채워져 있었다. 신 교수는 "나영이는 평생 배변주머니를 차고 살아야 한다. 성인용 배변주머니는 열 개에 5만 원이고, 아동용은 값이 두 배"라면서 "평생 그 비용은 누가 지원해 주나? 모금 운동이라도 해주고 싶은 마음"이라고 말했다. 이 뉴스가 2009년 10월 31일 자였으니 보도를 보고 배변주머니를 평생 제공해 주겠다는 기업이 나타나 오늘 뉴스가 나온 모양이었다. 다시 무차 그 친구의 목소리가 망치처럼 내 머릿속을 계속 두들겼다.

"넌 뭐 하냐."

다음 날 아침 일찍 나는 신의진 교수에게 전화를 걸었다.

"나영이 좀 한 번, 만나게 해주세요."

그렇게 나영이와의 만남이 성사되었다. 그리고 나영이의 전체 진료기록을 받아서 보았고, 응급실에서 찍은 영상물과 수술 전후 영상기록을 모두 보았다. 하지만 나에게는 모든 의학적 선택이 의문투성이였다. 특히 이

해가 가지 않았던 것은 왜 대장을 모두 제거했는가 하는 점이었다. 엽기적인 조두순의 성폭행 후 행각에 관한 뉴스 기사가 있었지만, 그것으로는 대장과 소장 일부를 왜 전부 잘라내야 했는지 알 수 없었다. 남은 소장의 상태나 길이 등도 수술을 위해 꼭 필요한 정보였기 때문에 나는 조두순 사건의 수사기록을 요청해 읽어보았다.

2008년 12월 11일, 등교 중인 초등학교 2학년 여자 어린이가 범인 조두순에게 유인당해 교회 안 화장실로 납치되어 강간 상해를 당했다. 범인은 피해자에게 교회에 다녀야 한다고 말하면서 교회 안 화장실로 피해자를 끌고 갔다. 그리고 그곳에서 자신의 요구를 거절하는 피해자의 얼굴을 주먹으로 수회 때리고, 피해자의 목을 졸라 기절시킨 뒤 피해자의 옷을 벗기고 성폭행했다. 하지만, 나영이의 현재 상태를 만든 엽기적인 행각은 그다음에 이루어졌다. 자신의 정액을 피해자의 몸에서 제거하기 위하여 조두순은 화장실 청소 도구를 사용했고, 그 과정에서 대장이 항문으로 뒤집혀 나왔다.

현장의 사진, 진술 내용 등 조두순 사건에 대한 전말이 드러나 있는 수사기록을 보면서 그 엽기적인 행각에 나는 기가 막혔다. 참을 수 없는 분노에 손이 덜덜 떨리고 약간의 공황 상태가 되었다. 당시 나영이의 대장이 모두 몸 밖으로 나와 있었기 때문에 집도의는 대장 전체와 소장의 일부를 제거하고 장루를 빼는 선택을 할 수밖에 없었을 것이다. 그제야 나는 모든 이유를 확실히 알 수 있었다. 내가 당면한 과제는 소장으로 대장의 역할을 일부 대신하게 하면서도 항문을 복원하는 것이었다.

나영이 수사기록을 토대로 수술을 계획하다

나는 2010년 1월 6일 오전 초등학교 4학년이 되는 나영이의 수술을 집도했다. 수술비 및 이후 병원 치료비 전액을 우리 병원에서 부담하는 조건이었다. 대장이 없으면 소장에 있는 묽은 변이 수시로 그대로 나오기 때문에 새로 만든 항문이 항문으로서 대변 보관 기능을 하기 어렵다. 따라서 배변하기 전, 소장에 소화된 물질들을 오래 보관하면서 수분을 흡수하여 대변 내용물이 고체화될 시간을 준 후 항문으로 배출할 수 있게 해주어야 했다. 그래서 남아 있는 소장을 반으로 접은 뒤 J 자 모양의 주머니를 만들어 변을 보관할 공간을 확보하고, 그 주머니를 항문에 연결했다.

언론에서 나영이가 인공항문을 없애는 수술을 받았다고 보도하면서 기자단이 인터뷰를 요청했다. 나는 정확한 정보를 전달하고자 우리 병원에 마련된 기자회견장에 섰다. 6시간에 걸친 나영이의 수술은 유착이 심해 유착을 풀기 위한 시간은 오래 걸렸으나 결과적으로 성공적이었으며 임신도 불가능하지 않아 보인다고 말했고, 이후 이어진 인터뷰 요청에도 응했다. 나영이는 항문을 복원하는 수술을 받았지만, 당분간은 장루로 변을 보아야 한다. 이는 새로운 항문이 배변으로 오염되면 감염 우려가 있기 때문에 이를 막으려는 조치이고, 수개월이 지나 장루를 제거하고 새로운 항문에 소장을 끌어 연결하는 2차 수술을 하면 거의 정상인과 같이 배변이 가능할 것이라고 설명했다.

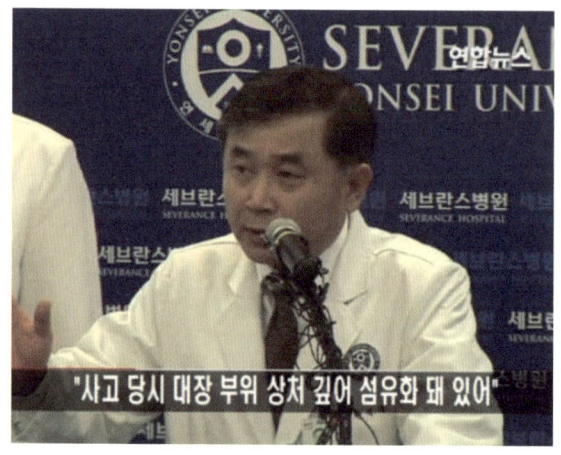

나영이 수술 후 기자회견

출처: 연합뉴스6)

　"앞으로 일상적인 생활이 가능할 것으로 보입니다. 나영이의 배변 능력은 훈련 여하에 따라 달라지겠지만 일반인의 70% 선까지 회복할 수 있습니다. 배변 횟수가 다소 잦을 것이라는 사실을 빼면 정상인과 별 차이가 없다고 보면 됩니다." 당시 뉴스를 지금 보니 이렇게 말하고 있었다. 마음의 짐을 덜어서인지 그날은 정말 오랜만에 푹 잤던 것 같다.

　당시 회진을 하면서 나영이를 보았을 때가 종종 떠오른다. 나영이는 수술 후 통증 때문에 고통스러운 표정이었지만, 아이 아버지는 앞으로 배변주머니를 차지 않아도 된다는 사실에 나영이가 기뻐하고 있다는 이야기를 전해 주었다. 내가 기억하는 나영이는 영리하고 똘똘했으며

6) https://www.yna.co.kr/view/AKR20100107133000004

현실을 극복하려는 의지가 강한 당찬 아이였다. 이후 여러 차례 추가 수술이 이루어졌다. 그리고 조두순이 출소하면서 나영이의 근황도 재조명되었는데 건강하게 잘 지내고 있는 것으로 보여 안심이 되었다.

진인사대천명(盡人事待天命). 내가 의사로서 할 수 있는 최선을 다해 나영이를 수술해 주었을 뿐이다. 그 아이의 강한 의지로 회복이 빨랐고 후속 수술도 잘 견뎌냈고, 지금도 잘 지내고 있는 것으로 알고 있다.

그리고 나에게는 "나영이 주치의"라는 수식어가 생겼다.

당시 "넌 뭐 하냐"라며 나를 일깨워 준 무차의 한마디는 내 마음에 남아 이후 많은 사건에서 나를 움직이는 기폭제가 되었던 것 같다.

세브란스 어린이병원 소아외과 교수 한석주
내 생애 최고의 수술

VIP 병동의 수상한 환자

세브란스 소아외과 교수에서 서울고등법원 상임전문심리위원이 된
의학박사 한석주의 조금은 특별한 삶의 기록

11.
VIP 병동의 수상한 환자

2012년 당시 나는 박용원 병원장님의 엄명으로 신촌 세브란스병원 장기재원환자관리위원회를 만들고 초대 위원장을 맡게 되었다. 병원에서 환자의 입원과 퇴원을 결정하는 것은 주치의 고유 권한으로 '환자의 입퇴원은 다른 의사나 행정 책임자가 관여할 수 없다'는 것이 의료계의 불문율이다. 그러나 의학적 이유가 아닌 다른 이유로 이 불문율이 악용되어 불필요하게 장기입원을 하는 일이 종종 있어서 어느 정도 외부 조절이 필요한 경우가 있어도, 당시에는 대응할 방법이 없었다. 나에게 박용원 병원장님이 장기재원환자관리위원회를 창설해 달라고 부탁한 이유도 바로 이 때문이었다.

의료비가 비싼 미국은 합병증이 없는 맹장수술 같은 간단한 수술을 한 경우에는 수술 다음 날 퇴원할 정도로 입원 기간이 짧다. 반대로 건강보험이 잘 갖춰져 있고 이에 따라 경제적 부담이 상대적으로 적은 우리나라에서는 여러 이유로 환자가 오래 입원하기를 원하는 경우가 종종 있다. 그러나 상급종합병원인 대학병원에는 생명을 위협하는 질병에 걸려 하루빨리 입원 치료가 필요함에도 병실이 없어 대기하는 환자가 많다. 이런 절박한 환자들에게 별다른 이유 없이 장기입원을 하고 있는 환자들은 큰 피해를 주는 셈이 된다. 따라서 병상 확보를 위해 입원이 불필요한 환자를 조기에 퇴원시키는 시스템 마련이 필요하다는 합의가 병원 내에서 암묵적으로 이루어진 상황이었다. 이에 신촌 세브란스병원에서 국내 최초로 장기재원환자관리위원회가 만들어졌고 현재도 운영되고 있다.

지금도 그렇지만 환자의 입퇴원은 전적으로 주치의 소관이다. 따라서 장기입원 환자가 상급종합병원인 우리 병원에 입원하고 있을 필요가 있는지 장기재원환자관리위원회에서 공동으로 검토하고, 퇴원 권고 대상이 된 환자가 있다면 주치의에게 입원 필요성에 대한 의견을 먼저 듣는다. 그리고 의학적으로 불필요한 입원이라고 판단되면 위원회가 개입해 퇴원이나 전원을 적극적으로 권고하는 것이 위원회의 주된 업무였다. 현재의 신촌 세브란스병원 장기재원환자관리위원회는 개설 후 이렇게 운영되고 있으며, 이후 비슷한 제도가 다른 병원에도 도입되어 운영되고 있는 것으로 안다.

당시 특이한 여자 환자의 케이스가 회의 안건으로 올라왔다. 2007년부터 유방암, 우울증, 당뇨병 등 12개 이상의 진단명으로 우리 병원 20층의 특실 병실에서 4~5년간 입퇴원을 반복해 온 윤 씨다. 기록을 보니 입원 절차부터 이상했다. 입원하려면 일반적으로 외래를 통해 입원하거나 응급실을 통해 입원하는데 윤 씨는 그런 기록이 없었다.

세상 사람들이 아는 굵직한 사건에 내 이름이 종종 등장하니 내가 사회·정치적인 이슈에 관심이 많은 사람이라고 생각할 수 있지만, 이 사건만 봐도 사실 그렇지 않다. 병원 내에서 나는 많은 환자를 수술하고 치료하는 매우 바쁜 의사다. 그렇다 보니 내 안테나는 병원 내에서 가장 짧다고 볼 수 있다. 나도 아는 사건이라면 병원에서 모르는 사람이 없는 사건이라고 생각해도 된다. 게다가 나는 어느 정도 확실한 증거를 확인하지 않고는 섣불리 판단하거나 움직이는 성격도 아닌 듯하다. 내 눈에 이상하게 보이는 윤 씨의 차트가 다른 의사들에게도 이상하게 보이는지 의견을 구하기 시작했다. 그녀에 대한 의사들의 대답은 한결같았다.

"진짜 환자가 아니야. 나이롱환자인 거 몰랐어?"

대학병원에 나이롱환자라니, 정보력 좋은 한 동료에게 그 환자가 누구기에 특별 대우를 받으며 초호화 병원 생활을 할 수 있느냐고 물었다.

<그것이 알고 싶다> 인터뷰 화면

출처: SBS <그것이 알고 싶다> 900회 방송

"정말 몰랐어?"라는 대답이 되돌아왔다.

역시 병원에서 내 안테나는 짧디짧았다. 그 나이롱환자가 언론에 여대생 청부살인 사건으로 대대적으로 보도된 바 있는 사건의 주범이며, 무기징역을 선고받은 무기수라는 것이다. 순간 나는 소름이 쫙 끼쳤다.

그 윤 씨는 언론에 크게 보도된 '영남제분 여대생 청부살인 사건'의 주범으로 무기징역이 확정되어 교도소에서 복역 중인 사람이었다. 2007년 초 교도소에서 심장박동이 이상하다고 통증을 호소하여 우리 병원 심장내과 외래를 통해 입원했다. 그리고 입원 중 진행한 유방암 스크리닝 검사에서 초기 유방암으로 진단되어 유방외과 박 교수에게 유방암 수술과 항암 치료를 받았다. 여기까지는 환자들에게 충분히 일어날 수 있는 일이므로 큰 문제가 되지 않는다.

그러나 문제는 다음부터다. 윤 씨는 어느 순간부터 외래나 응급실 내원 기록이라고는 전혀 없이 유방암 수술을 집도한 박 교수를 주치의로 하여 입퇴원을 반복하고 있었다. 입원 병실은 세브란스병원 본관 20층의 특실을 사용하고 있었는데, 하루 입원비만 200만 원이 넘었다. 주치의 박 교수는 내가 잘 아는 의과대학 1년 선배 교수로, 윤 씨의 살인 청부로 살해당한 故 하지혜 씨가 다니던 이화여자대학교의 의과대학 교수로 있으면서 유방암을 전문으로 하다가 우리 병원으로 몇 년 전에 자리를 옮겨 근무하는 중이었다.

윤 씨는 초기 유방암 수술 후 완치 판정을 받을 시기가 이미 지났을 뿐 아니라 유방암과 아무런 연관성 없는 파킨슨병 등으로 입원 중이었다. 무기수를 유방암 수술 전문 외과 의사가 유방암과 무관한 질병을 근거로 장기입원 시키고 있는 이런 상황은 장기재원환자관리위원회의 업무와 정확하게 충돌하는 것이었다. 나는 위원회 코디네이터에게 좀 더 자세히 윤 씨의 상황을 파악해 보고하라고 지시했다.

이후 나는 해당 사건에 대한 보도 자료를 더 자세히 찾아보았다. 서울 강남에 거주하는 이화여대 법대생 하지혜 씨(당시 21세)가 2002년 3월 6일 새벽, 수영장에 가기 위해 집을 나서던 중 납치되었다. 그리고 납치된 지 열흘 만에 하남 검단산 부근 야산에서 공기총 여러 발을 머리에 맞아 사망한 채 발견된 끔찍한 사건이다. 범행엔 주범 윤 씨의 조카를 비롯해 남성 다섯 명이 가담했다.

1999년부터 윤 씨는 故 하지혜 씨와 자신의 사위이자 하지혜 씨의 이종사촌인 당시 판사 김 모 씨가 불륜을 저지르고 있다고 의심하기 시작했다. 2년이 넘도록 스물다섯 명 이상의 인원을 동원해 하지혜 씨와 사위를 미행했지만, 불륜의 단서는 찾지 못했다. 윤 씨의 망상은 결국 청부살인으로 이어졌다. 이제 막 스무 살이 넘은 젊은 법대생의 생명을 참혹하게 빼앗아 간 것이다. 언론에 보도되었을 당시부터 국민의 다수가 '영남제분 사건', '윤○○ 여대생 공기총 청부살인 사건' 등으로 알고 있지만, 재벌가의 치정 사건으로 알고 있는 사람들도 있었다. 이후 故 하지혜 씨 아버지의 노력으로 윤 씨와 살인 청부업자들이 잡혔다. 살인을 청부한 윤 씨에게는 무기징역이라는 중형이 선고되었고 10년이 흘러 세상에서 잊히고 있는 사건이었다. 나는 소름이 확 끼쳤다.

아무리 극악무도한 범죄자라도 병이 있으면 필요한 치료를 받아야 한다. 하지만 다 나았다면 자신의 자리로 돌아가 남은 죗값을 치러야 하는 게 상식인데, 하필 모교 병원 특실에서 세상을 기망하며 수년간 기거하고 있었다는 사실이 너무 불편했다. 마치 거대한 바이러스 병증 덩어리가 우리 병원을 오염시키는 것 같다는 생각이 들었다. 외과 수술처럼 빨리 썩은 곳을 도려내고 싶었다. 더군다나 정황상 병원 내부 의료진의 협조가 없으면 불가능한 일인데 그 협조를 한 인간이 내 옆 연구실 박 교수라니 어이가 없었다.

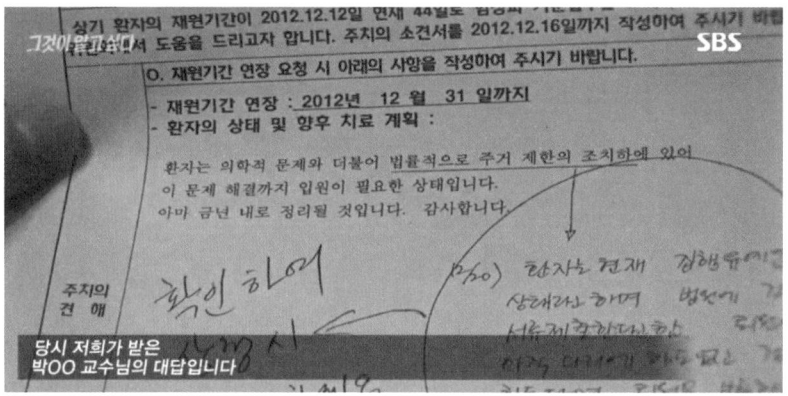

퇴원 권고에 대한 박 교수의 답변서

나는 그 범죄자이자 가짜 환자를 하루빨리 우리 병원에서 내보내고 싶었지만, 모든 것은 규칙과 절차에 의해서 진행되어야 문제가 없었다. 나는 원칙에 따라 장기입원환자관리위원회 정기 회의에 해당 안건을 공식 상정하고, 주치의인 박 교수에게 장기입원 환자의 퇴원에 대한 주치의 소견서를 요청했다. 박 교수는 금년 내로 정리될 것이라고 답변해 왔지만 해가 가도 가짜 환자는 퇴원하지 않았다.

모든 검사 결과가 정상이었고, 물리치료 말고는 특별한 치료도 하지 않는 윤 씨에 대한 우리 위원회의 퇴원 요구는 묵살되었다. 나는 윤 씨의 장기입원에 대한 위원회의 공식 의견을 병원장님께 보고했다. 세브란스병원장은 윤 씨의 장기입원에 문제가 있다는 사실에 동의하고 박 교수에게 퇴원을 시킬 것을 직접 권고했다. 이에 박 교수는 화를 내며 병원장실 문을 발로 차고 들어가 항의했다고 한다.

"병원장이면 병원장이지 당신이 주치의의 진료권을 침해할 수 있느냐"라며 난동을 부렸다는 소문이 병원에 자자했다. 하지만 며칠 후 우리는 윤 씨가 퇴원했다는 보고를 받았다. 박 교수는 병원의 보직자들까지 윤 씨의 문제를 인지하고 퇴원을 공식적으로 요구하자 더 버티면 문제가 커질 수 있을 것 같다고 판단한 모양이다. 결국 윤 씨는 퇴원했고 나는 이 사건이 일단락되어 참 다행이라고 생각했다. 죄인은 교도소에서 벌을 받아야 하는 법치국가의 원칙이 지켜지고 있다고 생각했다.

하지만 몇 주 후, 나는 위원회에서 정말 어이없는 보고를 받게 되었다. 윤 씨가 교도소로 돌아가지 않았고, 국민건강보험 일산병원에 입원해 있다는 것이었다. 세브란스병원에서 유방외과 수련을 받은 일산병원 전문의가 윤 씨의 주치의라고 했다. 나는 정말 그 말을 듣고는 어처구니가 없었고 화가 났다. 국민건강보험 일산병원은 우리 병원이 모체가 되어 만들어져 당시에는 일산병원의 의료 인력 대다수가 세브란스 병원과 관련 있는 사람들이었다. 당시 일산병원 진료부원장은 현재 심평원 강 원장이었다. 최근에도 박 교수가 심평원 심사평가위원으로 임명되었다가 파면되면서 강 원장과 박 교수의 관계가 재조명된 바 있다. 둘은 세브란스 의과대학 동기이고 막역한 사이임은 동문에서 다들 아는 사실이다.

당시 본원에 있던 내가 일산병원의 윤 씨의 입퇴원 기록을 공식적으로 볼 방법은 없었다. 하지만 그때부터였던 것 같다. 세상을 기만하고 있는 윤 씨에 대한 분노가 용기로 바뀌었다. 나는 우선 그 일과 관련해서 내가 할 수 있는 일부터 시작했다. 윤 씨의 신촌 세브란스병원 입퇴원 기록, 외출 기록 등을 엑셀에 정리하기 시작했다. 수년간의 기록을 하나하나 정리하고 검토했다.

담당한 수술도 많았기 때문에 짬을 내서 신촌 세브란스병원 입퇴원 데이터를 정리하는 데에도 꽤 시간이 걸렸다. 외래로 입원했는지 근거 없이 그냥 입원했는지 상세히 분류했다. 당시 나는 무기수 윤 씨를 감옥으로 돌려보내야겠다거나, 허위진단서를 발부하여 무기수의 형집행정지와 호화 병원 생활을 도운 박 교수를 고발하려고 그 자료 정리를 시작한 것이 아니었다. 그저 정확한 사실관계를 내 눈으로 확인하면서 그다음에 어떻게 하는 게 최선일지 생각하려는 의도였다.

불의를 그냥 두고 볼 수만은 없는데, 마땅히 내가 할 수 있는 일도 없다는 실망감을 극복하기 위한 나름의 절박한 움직임이기도 했다. 자료

정리가 끝나자, 가짜 환자 윤 씨의 실체가 더욱 명확하게 드러났다. 그냥 모른 척 넘어가기에는 너무 큰 문제였다. 이 자료를 과연 누구에게 전해야 문제가 해결될까 고민했다. 수일을 혼자 고민하다가 집에서 저녁을 먹으며 아내에게 물었다.

"내가 병원에서 공식적으로 문제 제기도 했고, 이후 처리도 내가 했고, 이 자료도 내가 정리해 가지고 있으니, 아무래도 내가 고발자로 나서야 할 것 같아."

"당신이 나서면 그냥 오지랖이에요."

아내는 단호하게 말했다.

"오지랖?"

나는 아내의 얼굴을 빤히 보았다. 아내는 나를 누구보다 잘 아는 사람이고 그녀의 지적은 정확했다. 잠시 후 아내가 말을 이었다.

"딸이 죽었는데 죄인이 저러고 있다는 걸 그 부모가 알면, 어떤 기분일까요?"

"화가 나겠지. 억울하겠지."

"그럼 죽은 그 아이 아버지가 나서야 하는 것 아닌가요?"

"아버지?"

"그 아버지가 이런 사실을 알면 검찰에 알리든 세상에 알리든 하겠지, 가만히 있겠어요?"

나는 아내의 말에 전적으로 동의했다. 하지만 그 아버지와 일면식도 없는 내가 자료를 전하면 어떤 반응을 보일지 걱정도 되었다. 하지만 내 분노와 오지랖은 다시 용기를 발동했고, 故 하지혜 씨 아버지 연락처를 수소문해 만나게 되었다.

신촌 세브란스병원의 소아외과 교수로 근무하고 있는 나의 신원도 그에게 정확히 밝혔고 왜 연락하게 되었는지 경위도 간단히 설명했다. 그는 무기수 윤 씨가 현재 어떻게 지내고 있는지 전혀 모르고 있었다. 무기징역을 선고받은 죄인이니 당연하게도 감옥에 있는 줄로만 알았다며 사실을 알고는 깊이 탄식했다.

故 하지혜 씨 아버지는 국내 굴지의 대기업에 다니며 부인과 함께 아들과 딸을 키우며 살고 있다가, 딸이 공기총으로 청부 살해를 당한 후 직장을 그만두고 사비를 털어 해외로 도망간 살인범을 직접 찾아 국내로 데려와 처벌을 받게 한 장본인이기도 했다. 그는 윤 씨가 무기징역을 선고받은 후 세상을 등진 채 강원도 깊은 산골에서 강아지 한 마리와 살고 있었다. 故 하지혜 씨 어머니는 딸의 사체가 발견된 하남 검단산 앞에 집을 얻어 살고 있었다(수년 후 그 집에서 홀로 숨진 채 발견되었다). 故 하지혜 씨의 오빠도 방황하고 있는 등 가족 모두 고통스러운 삶을 이어 가는 상황이었다.

가해자 윤 씨는 엄청난 죄를 짓고도 반성의 기색 없이 특실에서 편안하게 생활하고 있는데, 피해자 가족들은 여전히 엄청난 고통 속에서 살고 있다는 현실이 나는 개탄스러웠다. 그래서 이후 내가 받게 될 불이익에 대해서는 감수하겠다고 생각했던 것 같다.

연세동문회관 뒷길에 자리 잡은 커피숍에서 故 하지혜 씨 아버지에게 내가 정리한 윤 씨 관련 자료를 조용히 넘겨주었다. 자료를 넘겨보던 그는 나를 빤히 보더니 물었다.

"세브란스병원 교수인 선생님이 이런 자료를 왜 저한테 건네주는 것입니까?"

"검토해 보니 바로잡아야 할 상식적인 문제인데, 저는 여러 제약으로 직접 해결에 나설 자격이 없다고 판단되었습니다. 하지혜 씨 아버지만이 피해자로서 이 문제를 사회에 정식으로 고발할 수 있겠다는 생각에 도달했습니다. 이에 정리된 자료를 넘기는 것입니다."

나의 대답에 그는 내 얼굴을 빤히 보았다.

지금 생각해 보면 장기입원을 하는 가짜 환자에 대한 내 개인적 호기심이 작용했던 것 같다. 그리고 그 가짜 환자가 여대생 공기총 살인 사건을 저지른 무기수임을 알게 되었을 때는 기가 막혔다. 내 모교인 세브란스병원 전체가 그 죄수와 박 교수에 의해 기만당하고 있는 것 같아 마음이 불편했다. 윤 씨의 주치의 박 교수가 윤 씨의 직접적인 협조자로 생각되었고, 그에게 병원장이 권고해 어쩔 수 없이 윤 씨를 퇴원시키긴 했지만 결국 다른 세브란스 계열 병원으로 옮겨 똑같이 자유롭게 병실 생활을 하는 것은 분명 부조리한 현실이었다.

죄를 지었으면 벌을 받는 것이 당연한데도 돈과 권력으로 뒤집혔다는 현실에 나는 분노하게 되었고 정의감이 불타올랐으며, 이제 그곳에 최초의 호기심은 존재하지도 않았다. 故 하지혜 씨 아버지를 만나 내가 정리한 입퇴원 기록을 건네주는 것으로 일단 주사위를 던졌지만, 과연 나의 행동이 어떤 결과로 이어질지 당시에는 전혀 예상할 수 없었다. 하지혜 씨 아버지의 절망과 분노 그리고 냉정함과 침착함이 이 문제를 해결하면 좋겠다는 바람뿐이었다.

12

영남제분 윤 씨 형집행정지

12.
영남제분 윤 씨 형집행정지

그렇게 며칠이 지났다. 나는 매일 외래, 수술, 회진을 반복하며 바쁘게 지내고 있었다. 내가 건넨 자료, 그가 알게 된 사실이 앞으로 어떤 변화를 불러올지 전혀 예측할 수 없었다. 하지만 부디 그가 아버지로서 용기를 내어 맞서기를 진심으로 바랐던 것 같다. 그리고 얼마 후인 2013년 4월 21일, MBC <시사매거진 2580>에서 임소정 기자가 잠입 취재해 방송한 '의문의 형집행정지' 편을 보게 되었다.

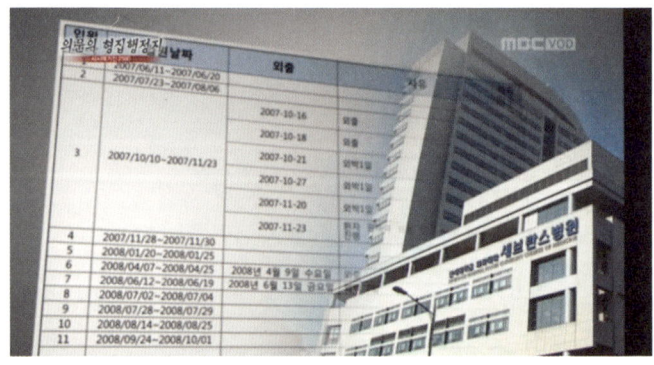

방송에 소개된 내가 작성한 입퇴원 기록 엑셀 파일

출처: MBC <시사매거진 2580>

내가 故 하지혜 씨 아버지에게 전달했던 엑셀 파일이 방송에 그대로 소개되었다. 나는 이렇게 사실을 세상에 알렸으니 이제 국민적으로 공분이 크게 일 것이라고 기대했다. 하지만 MBC <시사매거진 2580> 방송은 실망스럽게도 큰 사회적 반향을 일으키지 못했다. 다음 날 후속 기사도 많지 않았고 시청자의 호응도 크지 않았다. 나중에 들은 사실이지만 임소정 기자는 "취재 후 방송분의 내부 검수 과정에서 사건 정황과 피해자 부친의 인터뷰가 축소된 것 같다"라고 했다.

MBC 임소정 기자는 후속 보도를 계속하며 사건을 공론화하기 위해서 노력했다. 다음 날 윤 씨에게 진단서를 발급해 준 주치의들이 故 하지혜 씨 아버지에 의해 경찰에 고소당했다는 뉴스도 나왔다. 비가 내리는 봄날, 퇴근 후 집에서 TV 뉴스를 보는데 故 하지혜 씨 아버지가 서울서부지검 앞에서 피켓을 들고 비를 맞으며 1인 시위하는 모습이 보였다. 안타까운 마음이 들었다.

2013년 4월 24일에는 범죄심리학자 표창원 씨가 경향신문에 MBC 방송 관련 오피니언 기고를 해주었다.[7] 그는 윤 씨가 2007년부터 교도소에서 벗어나 하루에 수백만 원의 입원비를 내는 초호화 병실에서 최고급 건강관리와 안락한 휴양을 하며 '벌 대신 상'을 받고 있었다고 짚었다. 결국 형집행정지 결정은 '검사 마음대로'이고, 형집행정지를 받는 사람들은 대부분 권력자와 부자들이며 기간도 무기한이라고 비판했

7) 형집행정지, '힘센 악인'에게 주는 특별사면?(경향신문, 2013.04.24.)
   https://www.khan.co.kr/article/201304242149255

다. 전 대통령 동생, 모 그룹 회장 등의 형집행정지 사례를 들어 '과연 현재 대한민국에서 법치주의가 지켜지고 있는 것은 맞느냐'는 문제를 제기했다. 동시에 대한의사협회와 해당 분야 최고의 전문의들도 윤 씨의 형집행정지 사유가 된 의사의 소견서 내용과 그녀의 입원 행동 사이에는 큰 차이가 있다고 지적했다.

서울서부지검에서는 형집행정지심의위원회를 열었고 윤 씨의 재수감을 결정하여 2013년 4월 25일 윤 씨가 다시 서울 남부구치소에 수감되었다.[8] 윤 씨의 재수감으로 문제가 다 해결된 듯 말하는 사람도 있었다. 이미 형집행정지를 받아서 병실에 나와 있는 대기업 총수나 비리 정치인들도 다수였지만, 국민은 '특권층들은 원래 그렇게 하는 건데 우리가 뭘 어떻게 해?'하는 무관심한 분위기가 만연했다. 사실을 알려줘도 분노하지 않으니 변화가 있기는 어렵겠다고 체념했다. 내가 괜한 오지랖을 부렸나 보다 생각도 했지만, 일단 윤 씨가 검찰의 재수감 결정으로 감옥으로 돌아갔으니 그걸로 됐다고 생각했다.

며칠 후 수술실에서 긴 수술을 마치고 나오는데 SBS <그것이 알고 싶다> 김재원 PD에게서 연락이 왔다. 나는 PD의 질문에 자세히 대답하면서도 'SBS에서 후속 보도를 한다 한들 과연 사람들의 관심을 가질까?' 하는 회의적인 생각이 앞섰다. 故 하지혜 씨 아버지에게도 전화가 왔다. 그는 희망차고 밝은 목소리로 SBS에서 집까지 찾아와 인터뷰와

---

8) '청부피살 여대생' 아버지의 가슴 절절한 편지(한국일보, 2013.05.27.)
   https://v.daum.net/v/M0O70gzadD

촬영을 해 갔다는 소식을 전했다. 그러나 나는 故 하지혜 씨 아버지와는 달리 의식적으로 기대를 내려놓고 있었다. 나는 기독교인은 아니지만, 연세대학교 모토인 "진리가 너희를 자유케 하리라"라는 성경 구절을 믿어왔다. 이 말은 요한복음 8장 32절에 기록된 말씀으로, 진리를 깨달으면 죄의 노예 상태에서 해방되어 진정한 자유를 얻는다는 의미를 담고 있다. 그 글귀를 한참 들여다보다 퇴근하던 금요일 저녁이었다. SBS 김재원 PD가 '내일 방송이 나간다'는 문자를 보내왔다.

2013년 5월 25일 SBS <그것이 알고 싶다>에서 '사모님의 이상한 외출'이라는 매우 자극적인 제목으로 윤 씨의 사건을 다루었다. SBS는 MBC 기자가 일산병원에 위장 입원해서 윤 씨를 관찰하며 촬영한 <시사매거진 2580> '의문의 형집행정지' 방송분을 또 한 번 전파에 실었다. 그 영상에는 윤 씨가 일산병원에서 멀쩡하게 지내는 모습과 의료진 회진 시 환자 행세를 하는 모습, MBC 임소정 기자가 기자임을 밝히고 질문을 하는 순간 멀쩡하던 손을 갑자기 떨기 시작하는 등 가짜로 환자 행세를 하는 위선적인 모습을 그대로 방송했다. 이를 본 시청자들은 모두 경악했다. 실시간으로 뉴스가 뜨고 분노의 댓글이 마구 달렸다.

드라마보다 더 드라마 같은 시사 다큐였다. 무기수가 특실에서 호의호식하는 동안 피해자 가족이 고통 속에 몸부림치며 살아가는 모습이 대비되며 방송되었다. 일반인이 형집행정지를 받는 것이 얼마나 어려운 일인지 등도 함께 취재하여 방송되는 바람에 윤 씨의 사례가 명백한 특혜라는 점이 강조되기도 했다. 청부살인을 한 무기수에게도 유전무죄가 통용된다는 사실에 시청자들의 분노가 폭발했다. 가족들과 프로그램을 함께 보던 나는 엉겁결에 손뼉을 쳤다. 하지만 이제 내 행동에 대해 책임질 시간이 왔다는 생각에 두려움도 엄습해 왔다.

이 보도로 임소정 기자는 실제로 윤 씨의 남편으로부터 의료법 위반, 통신비밀보호법 위반으로 고소를 당하는 고초를 겪기도 했다. 고소 이유는 윤 씨의 진료기록을 공공연히 방송하고, 병실에 무단으로 침입하여 허락 없이 촬영해 방송한 것이 불법이라는 것이었다. 나중에 나도 고소·고발 대상이 되었다. 의사인 내가 환자(윤○○)의 정보를 타인(故 하지혜 씨 아버지)에게 전해 준 것은 의료법 위반의 소지도 있었다. 그러나 당시 내 머릿속에서는 이미 내가 한 행동에 책임을 지자는 각오가 끝난 상태였다.

방송의 후폭풍은 거세게 몰아쳤다. 관련 후속 기사가 마구 쏟아졌고, 하지혜 씨 살해 사건이 다시 소환되면서 병원에 기자들이 몰려들었다. 국민은 극도로 분노했다. 방송 이후 서부지방법원과 세브란스병원 앞에서 시민들의 시위도 시작되었다. 일반 시민들은 부모의 관점에서 공분했다. 자기 자식을 공기총으로 청부살인 한 범인은 VIP 대우를 받으며 잘 살고 있는데, 자식을 잃은 피해자 가족들이 고통에 몸부림치며 지옥 같은 삶을 사는 현실에 모두가 감정이입을 한 것이다.

"여대생 죽인 사모님은 잘 먹고 잘 사는 것이 현실인가?", "돈이면 다 되는 세상인가?" 등의 질문이 시민들의 정의감과 용기를 북돋우고 행동을 유도하고 있었다. 영남제분 회사 홈페이지는 다운되었고, 코스닥

상장사였던 영남제분은 연일 주가가 폭락했다. 해당 기업의 불매운동과 주치의 박 교수의 신상 털기도 시작되었다.

2013년 5월 27일 메디칼타임즈 최선 기자는 보도를 통해 청부 살해에 가담해 무기징역을 받은 윤 씨가 수차례에 걸쳐 병원 특실에서 생활할 수 있었던 것은 세브란스 교수가 발급해 준 부실한 진단서 때문이라고 지적했다. 윤 씨가 2004년 무기징역을 선고받고도 2007년부터 교도소 대신 병원 특실에서 주로 생활하면서 수차례 외박과 외출을 한 사실이 알려지자, 성난 누리꾼들이 부실한 진단서를 발급하여 형집행정지를 도운 박 교수의 실명은 물론이고 사진과 경력까지 공개하며 해당 교수를 질타하고 있다고 보도했다.9)

후속 보도를 통해 국민적 관심을 촉구하는 기자들과 방송 관계자들도 고마웠지만, 특히 내 마음을 울렸던 것은 경인일보 기사로 알게 된 이화인들의 신문광고였다. 2013년 6월 3일 이대 학생들을 중심으로 진상규명 촉구 광고가 한겨레신문과 경향신문에 게재되었다. 이화여대 재학생들과 졸업생들이 방송이 나간 다음 날인 5월 26일부터 6월 2일까지 교내 커뮤니티 '이화이언'을 통해 총 2,800만 원을 모금해서 광고를 집행했다. 광고는 정의로운 사회를 꿈꾸던 스물세 살의 법학도가 공기총 청부살인으로 억울하게 목숨을 잃었다는 사실을 소개하고 허위진단서와 형집행정지에 대한 진상규명을 요구한다고 되어 있었다.10)

---

9) '그것이 알고 싶다' 후폭풍...의대교수 신상 털렸다(메디칼타임즈, 2013.05.27.)
   https://www.medicaltimes.com/Main/News/NewsView.html?ID=1083363
10) 국민이 만든 '故 하지혜 사건 진상규명 촉구' 광고 선보인다(경인일보, 2013.06.05.)

이화는 故 하지혜 동문을 잊지 않겠습니다

2002년, 정의로운 사회를 꿈꾸던 스물세 살의 법학도가
공기총 청부 살인으로 억울하게 목숨을 잃었습니다.

그러나 2013년, 가해자는 무기징역을 선고받고도
병원 특실에서 호의호식하고 있습니다.

우리는 허위 진단서와 형 집행 정지에 대한
진실 규명을 요구합니다.

대한민국에서 더는 '유전무죄 무전유죄'가
용납되지 않기를 바랍니다.

모두가 법 앞에서 평등하게 심판받는 그날까지, 이화가 지켜보겠습니다.

- 정의로운 사회를 염원하는 이화여자대학교 재학생과 졸업생 일동 -
(이 광고는 이화여자대학교 재학생과 졸업생들의 자발적인 모금으로 제작되었습니다.)

이화여대 재학생, 졸업생 모금으로 집행한 광고

이들은 이어 사람들에게 "가해자는 무기징역을 선고받고 병원 특실
에서 호의호식하고 있었습니다"라며 "대한민국에서 더는 '유전무죄 무
전유죄'가 용납되지 않기를 바랍니다"라고 하면서 국민적 관심을 호소
했다. 이 사건을 그저 한 가족의 비극으로 보는 것이 아니라 불합리한
제도적 문제로 보고, 법 앞에서 모두가 평등한 사회, 정의로운 사회를
염원하는 바람이 담긴 광고였다. 나 또한 모교 병원 구성원의 일부가 그
런 범죄자의 행위를 묵인하고 적극적으로 도와주고 있었다는 사실이
부끄럽고 많이 불편했기에 그들의 행동에 공감이 갔다.

사회적 움직임이 가속화되며 6월 8일 허위진단서 발급 혐의를 받는
세브란스병원의 주치의 박 교수가 병원 윤리위원회에 회부 되었다. 6월
13일 검찰은 박 교수의 연구실과 자택, 자동차를 전격 압수수색 했다.

https://www.kyeongin.com/article/741998

그다음 날에는 협의 진료 및 진단서 작성에 관련된 의료진과 세브란스병원 관계자 등 20여 명이 참고인으로 소환조사를 받았다. 우리 병원은 연일 떠들썩했는데, 앞서 말했듯 워낙 안테나가 짧은데다 당시에 예정된 수술, 회진, 외래, 수술 준비 콘퍼런스, 논문지도에 응급수술까지 많아서 내가 큰 폭풍의 한가운데에 서 있다는 것을 체감하지 못했다. 내가 태풍의 눈에 있어서 고요했는지도 모르겠다. 태풍의 눈에 있다는 것은 폭풍전야라는 뜻이기도 하다. 방송의 후폭풍이 거센 만큼 곧 나도 큰 폭풍을 맞게 될 것이다. 각오는 되어 있었다.

SBS <그것이 알고 싶다> 제작진은 이번 사건에 대한 국민적인 관심이 큰 만큼 속편을 방송하기로 했다며, 이번에는 최초 제보자인 나를 직접 인터뷰해서 방송에 내보내고 싶다고 했다.

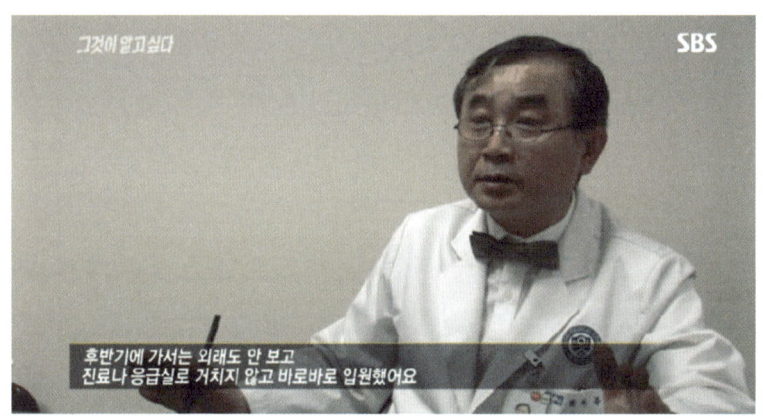

<그것이 알고 싶다> 인터뷰 화면

출처: SBS <그것이 알고 싶다> 900회 방송

나는 이들에게 병원으로 오라고 답했다. 그렇게 나는 SBS <그것이 알고 싶다> 900회 방송에 출연했지만, 방송을 보면 알 수 있듯이 나는 세브란스병원 장기재원환자관리위원회를 대표하는 위원장의 입장에서 무기수 윤 씨의 자유로운 입퇴원 정황을 증언하기 위해 나선 것이다.

윤 씨 남편 류 회장의 움직임에 대해서도 동료들에게 들어 이미 알고 있었지만, 내가 방송에서 '노코멘트'한 이유가 있다. 이 사건의 쟁점이 세브란스병원의 일부 의사의 뇌물수수, 허위진단서 발행 쪽으로 기울면, 정작 쉽게 윤 씨의 형집행정지를 승인한 검찰, 검사의 책임은 흐려진다. 형집행정지제도에 문제가 있는데 검찰과 검사가 방관하고 동조하면서 특권층이 악용하게 된 것이니, 방송을 통해 형집행제도 자체의 문제를 모두가 인식하게 되면 좋겠다고 생각했다. 이러한 논점을 흐리지 않기 위해서 나는 동료에게 뇌물을 건네려 한 사실을 직접 들어 알고 있으면서도, 해당 질문에는 '노코멘트'한 것이다.

나는 인터뷰를 마치고 SBS 김재원 PD에게 내 말의 의도를 구체적으로 전했다. '이 방송을 본 국민들이 역시 유전무죄 무전유죄였구나 하고 실망하지 않으면 한다', '적어도 죄를 지은 사람이 벌을 받는 기본 원칙이 지켜지는 나라라는 것을 확인시켜 주면 좋겠다', '돈과 권력이 있는 특권층에 대한 특혜는 당연한 것이 아니니 그들이 악용하는 불합리한 형집행정지라는 제도를 근본적으로 개선하자'는 메시지가 국민에게 전달되기를 바란다고 말했다. 내 바람이 이루어지기를 바라며 다시 시청자의 한 사람으로 돌아가 방송을 기다렸다. 참으로 그 시간이 길게 느껴졌다.

2013년 6월 29일에 SBS <그것이 알고 싶다> '사모님의 이상한 외출 그 후'라는 후속 방송이 나왔다. 방송의 시작은 내 예상과 달리 드라마틱했다. 영남제분 류 회장이 故 하지혜 씨 아버지를 직접 찾아와 회사가 이 일로 타격이 있으니 돈으로 보상하겠다고 제안하는 자극적인 장면으로 시작한 것이다. 진정한 사과와 위로의 말 하나 없이 그저 돈으로 사람을 회유하려는 모습이었다. 가해자 측에서 건넨 돈을 거절한 사람들도 나왔다. 방송 초반에 돈의 논리로 모든 일을 해결하려고 하는 가해자들의 파렴치함을 지적하면서 그 엄청난 현금이 어디서 왔는지까지 수사가 확대되는 계기가 되었다. 실제 류 회장은 이 사건에 쓰인 돈을 영남제분 법인에서 횡령해 조달한 것이 드러나 재판에 넘겨졌고, 유죄를 받아 형이 확정되었다.

나는 방송 초반에는 유전무죄 쪽으로 국민적인 관심이 쏠릴까 염려했지만, 이 내용이 오히려 시청자를 방송에 몰입하게 만든 것 같다. 방송 중후반으로 가면서 극악한 범죄자에게 허위진단서를 작성해 준 의사, 그 진단서를 근거로 형집행정지 허가를 내준 검사, 형집행정지 신청서를 제출한 변호사 등 관련 인물들의 문제점을 지적했다. 방송을 보면 담당 검사들이 고등학교, 대학교 동문이라서 쉽게 형집행정지가 가능했다는 것을 알 수 있다.

방송은 형집행정지제도에 큰 문제가 있으니 제2의 윤 씨가 나오기 전에 빨리 제도 개선부터 해야 한다는 것을, 시청자 스스로가 깨닫게 만들고 있었다. 시사 다큐 전문가의 깊은 내공이 느껴졌다.

2013년 8월 박교수는 허위진단서 발급 및 뇌물수수죄로 구속 수감되었다. 검찰 조사가 진행되면서 병원 사람들 다수가 내가 최초 제보자라는 사실도 알게 되었다. 표면적으로는 그 누구도 나를 원망하거나 이상한 눈으로 쳐다보는 사람이 없었으나 사적인 모임이나 조직의 깊은 곳에서는 '왜 쓸데없이 나서서 일을 만들었느냐?' 하는 목소리도 나왔으리라 생각하고 있다. 당시 동문들의 일부 조직에서는 구속된 박 교수를 석방시키기 위해 법원에 제출할 탄원서 작성과 서명운동을 진행한다는 소식이 들렸다.

다행스럽게도 서명운동에 대한 소식이 어떻게 새어 나갔는지는 모르겠지만 언론에 보도되는 바람에 국민의 엄중한 꾸지람을 받아 무산되었다. 아무리 가재는 게 편이라지만 편을 들 때가 있고 들지 말아야 할 때가 있는 것이다. 조직원 앞에서는 웃고 동조하는 듯 보여도 최소한의 양심은 지키고 살아가는 의사들이 조용히 소문을 낸 모양이었다.

일산병원에서 근무하던 후배 외과 전문의 배 씨는 탄원서 서명을 강요당했지만 거절했고, 그 후 논문 실적 부족을 이유로 파면 처분을 당하는 수모를 당했다. 이에 배 씨는 소송을 제기했고, 서울중앙지법은 다행스럽게도 파면 처분을 무효라고 판결했다. 복직된 배 씨는 여전히 외과 전문의로서 본업에 충실하게 살고 있으며, 일본 여행과 주류의 전문가가 되어 강연과 블로그 운영 등으로 바쁘고 즐거운 제2의 인생을 사는 것으로 안다.

지금 생각해 보면 나의 호기심과 오지랖 그리고 정의감이 하나의 사회 문제를 발견했고, 故 하지혜 씨 아버지가 언론에 사실을 알렸고, MBC와 SBS 방송국 기자 그리고 PD들이 빠르게 취재를 시작해 방송하면서 이 천인공노(天人共怒)[11]할 일이 세상에 알려진 셈이다. 또 많은 국민들이 공감하고 분노하면서 급격히 비난 여론이 형성되었으며, 국민들의 자발적인 행동은 결국 제도를 개선하게 했다. 빠른 자정작용으로 형집행정지라는 제도를 악용해 특혜를 누리던 재벌 회장과 정치인까지 줄줄이 교도소로 돌아가고, 또 쉽게 나오지 못하는 계기가 되었다.

이 사건을 방송하고 후속 보도에 힘쓴 MBC 임소정 기자는 한국방송대상, 한국기자상 등 다수의 상을 받는 영광을 얻었다. 드라마틱한 시사 다큐로 후폭풍을 제대로 일으켜 사건을 공론화시킨 SBS 김재원 PD는 백상예술대상 교양작품상을 수상했다. 그리고 이 일의 시작이자 내부 고발자인 나는 결과적으로 어떤 불이익을 받았을까? 이 부분이 궁금할 것 같아서 다음 장에서 풀어보고자 한다.

---

11) 하늘과 사람이 함께 노한다는 뜻으로, 누구나 분노할 만큼 증오스럽거나 도저히 용납할 수 없음을 이르는 말.

13

내부고발로
내가 받은 불이익과 최종 판결

세브란스 소아외과 교수에서 서울고등법원 상임전문심리위원이 된
의학박사 한석주의 조금은 특별한 삶의 기록

13.
내부고발로
내가 받은 불이익과 최종 판결

사람들은 병원 내부고발자인 내가 우리 병원에서 어떤 불이익을 받았는지 궁금해한다. 메디컬 드라마를 좋아하는 사람들은 다양한 추측도 가능할 것이다. 드라마였다면 병원 앞에서 시위가 벌어지고, 병원이 검찰의 압수수색을 받을 정도로 큰 사건을 제보한 나 같은 의사를 기조실장이나 선배가 불러서 야단칠 것이다. 대놓고 병원장이 불러서 호통을 칠 것이고, 징계위원회가 열리고 나는 보직해임의 기로에 서서 대기발령 상태가 되고, 진료나 수술도 하지 못하게 되고, 감사팀에 끌려가서 조사받은 후 최종 처분을 기다리는 신세가 되었을 것이다.

허위진단서를 발급한 주치의가 오히려 당당하게 나에게 와서 "인마! 네가 선배한테 어떻게 이럴 수 있어!" 멱살 잡고 싸움을 벌이는 장면도 리얼하게 드라마의 한 장면처럼 연출되었을 것이다. 하지만 나에게는 표면적으로 정말 아무 일도 일어나지 않았고, 불이익을 받은 것도 없다.

드라마에서 그려지는 탐욕스러운 의사들 모습 때문인지 의사 조직이 모두 권위적이고 이기주의로 똘똘 뭉쳤다고 오해하는 분들도 있을 것이다. 하지만 내 주변에서 함께했던 의사들은 대체로 환자 편이었다. 그들은 진심을 다해 환자를 위해 자신이 할 수 있는 일을 찾고, 간호사들도 의사들을 도와서 환자의 편에 서는 것을 주저하지 않는다.

의학 드라마가 유행하면서 드라마나 영화를 그다지 즐겨 보지 않는 나에게도 작가들이 찾아온 적이 있다. 나는 그들에게 몇 가지를 자문해 주었다. 하지만 함께 스토리를 발전시켜 나가자는 그들의 제안은 정중히 거절했다. 작가는 픽션Fiction[12])을 쓰지만, 의사의 삶은 논픽션 Non-fiction이라서 협업은 어렵다고 생각하게 된 것 같다.

나는 내부고발 이후 SBS 방송에 실제 출연해서 인터뷰도 했지만, 병원 내 윗선에서 이 일로 나를 부르거나 문제를 제기한 적도 없다. 나는 늘 하던 대로 외래 진료를 하고, 수술실에서 수술하고 희귀질환에 관한 수술법 연구를 이어갔다. 하지만 반복되던 일상에 변화가 온 시점은 검찰에서 윤 씨를 정식으로 기소하고부터였다. 2013년 10월 18일부터 재판이 시작되었고 나도 결국 증인으로 법정에 서게 되었다.

---

12) Fiction: 소설이나 희곡 등에서 실제로는 없는 사건을 작가의 상상으로 꾸며내는 행위를 말한다. 소설 그 자체를 가리키는 말이기도 하다.

결자해지(結者解之), 법원으로 간 의사

나와 아내는 2013년 10월 18일부터 시작된 재판에서 되도록 빠짐없이 방청석을 찾았다. 나는 금요일 오전 진료가 있어서, 금요일 2시 30분에 시작하는 재판에 매번 참석할 수 없는 상황이었다. 당일에 응급수술이 잡히면 환자가 우선이라 재판 참석을 포기했다.

내가 못 가는 날에는 아내가 현장을 기록해 나에게 주요 쟁점과 증인들의 증언 내용을 알려주었다. 그렇게 허위진단서 발급에 연루된 사람들, 검찰 관계자들까지 재판정에 섰고, 결국 2013년 12월 6일에 나도 법정 증인으로 재판정에 서게 되었다. 우선 나는 선서를 하고 故 하지혜 씨 아버지에게 자료를 전달하게 된 이유, 경위 그리고 그 과정을 있는 그대로 진술했다. 박 교수의 매형이라고 알려진 변호인이 나에게 쏘아붙이듯이 물었다.

"첫날부터 하루도 빠짐없이 방청석을 찾으셨는데요. 결국 오늘 증언대에 설 것을 염두에 두고, 다른 동료 교수들이 어떻게 증언하는지 듣기 위해서 방청석을 찾은 것이 아닙니까?"

나는 이 질문에 "그런 것보다 일반인 입장에서 방청석에 앉아 재판 내용을 듣고 있었던 것입니다"라고 대답했다. 전 국민적 관심이 집중된 재판이고 나도 국민의 한 사람인데 방청석에 오는 것을 지적하는 것을 보면 증인인 나를 겁주고 당황하게 하려는 전략 같았다.

변호인은 나에게 왜 검찰이 아니라 故 하지혜 씨 아버지에게 제보했느냐고 물었다.

"하지혜 씨 부친은 하지혜 씨 다음으로 가장 큰 피해자이자 유족이므로 이 사태를 바로잡을 수 있기를 진정으로 바라는 유일한 사람입니다. 또한 그만한 능력도 있으신 것 같아서 그를 수소문해 정황을 설명하고 자료를 건네줬습니다"라고 대답했다.

이후에도 내가 故 하지혜 씨 아버지를 두 차례 만난 적이 있다는 사실을 들어 변호사는 나에게 다시 물었다.

"피고 윤○○의 원내 의료기록을 하지혜 씨 부친에게 건넨 사실이 없습니까?"

그의 질문은 날카로웠으나, 사실 내가 최초로 전달한 기록은 방송에 나오는 입원과 퇴원 날짜, 주치의의 정보가 기록된 엑셀 파일이었을 뿐, 의사로서 환자의 개인정보나 의료기록 자체를 외부로 반출한 사실은 없었다. 하지만 변호사는 노련했고 내가 정리한 자료를 외부로 넘긴 행동에 위법의 소지가 있다고 여기며 추궁하기 시작했다.

"하지혜 씨 부친이 한 교수에게 피고의 진료기록을 달라고 요청한 것이 사실입니까?"

사실이었다. 하지만 나는 그를 보호하기 위해서 아니라는 거짓말을 하는 대신 정직이 최선의 방책이라고 생각하고 사실 그대로 말했다.

"하지혜 씨 부친이 저에게 병원 진료기록을 달라고 요청한 적이 있습니다. 저는 의사로서 그것만은 거절했습니다. 윤 씨를 고소하기 위해서는 진료기록 자체를 몇몇 전문의들에게 보이기만 해도 바로 허위진단서 발급을 객관적으로 증명할 수 있으므로, 하지혜 씨 부친이 직접 윤 씨를 고소할 수 있는 증거물이 됩니다. 하지혜 씨 부친은 그 때문에 저에게 진료기록을 달라고 했던 것입니다. 저는 충분히 그를 이해하고 진심으로 도와주고 싶었지만, 의사로서 또 세브란스병원 내부자로서 진료기록 자체를 그대로 내줄 수는 없다고 판단했습니다. 대신 진정서를 써서 주기로 약속했습니다. 제가 열람할 수 있는 범위 내에서 윤 씨의 진료기록을 검토한 후 이를 토대로 의사로서 진정서를 작성한 다음 하지혜 씨 부친에게 전달했습니다"라고 증언했다.

변호사는 내가 개인의 진료기록을 외부에 불법적으로 반출한 정황을 찾아 위법행위를 드러내려는 의도로 법정에 선 나를 계속 몰아붙였다. 환자 진료기록을 유출한 의사는 병원 내부 윤리위원회에서 해고하거나 파면할 수 있다. 하지만 내가 병원 내부나 검찰에서도 떳떳할 수 있었던 것은 우선 의료법을 충분히 숙지하고 위배되는 행동을 하지 않았고, 오직 정의와 공익을 위해 내부고발자로 나선 것이기 때문이었다.

나는 진정서를 작성해 故 하지혜 씨 아버지에게 우편으로 보내준 적이 있다. 그는 나에게 전화를 걸어서 이런 자료를 주면 공기총을 맞아 죽을 수 있다며 나를 걱정해 주었다. 그 말을 듣고 당시 더럭 겁이 난 것도 사실이다. 하지만 "병원 안에서 일하는 내가 총을 맞으면 동료들이 살려놓겠죠" 농담하면서 넘어갔다. 하지만 재판이 열리기 전인 8월, 가족하고 부산으로 여름휴가를 갔는데 거기 호텔에서 팔에 문신을 한 조폭들이 오가는 것이 보였다. 순간 나는 왜 영남제분이 있는 부산으로 휴가를 왔을까, 우리를 노리는 것은 아닐까 걱정이 되었다. 이후 아내와 의논해 가스분사기를 하나 구입해 들고 다니기도 했다.

나는 가스분사기를 구입해 다닌다는 이야기를 법정에서 했다. 내 증언을 듣고 박 교수의 매형이라고 알려진 변호인은 어이없어했지만, 나는 이 말을 기자들이 세상에 전하기를 바랐다. 故 하지혜 씨 아버지는 목숨을 걸고 이 사건을 세상에 알린 것이고, 국민이 그 아버지를 지켜주기를 진심으로 바랐고, 더불어 나도 같이 지켜주기를 바랐기 때문이다.

현장에서 나는 새로운 사실도 알게 되었다. 故 하지혜 씨 아버지의 명의로 접수된 고발장에 내가 써준 진정서 초안의 일부를 복사해서 붙였다는 것이다. 부친이 '진정인'을 지우고 '고발인'으로 고친 흔적이 발견되었고 변호인단은 이를 증거물로 재판부에 제출했다고 했다. 그 부분은 그럴 수 있다고 생각하지만, 그것까지는 나도 몰랐다고 진술했다.

나는 박 교수의 행동도 문제였지만 당시 형집행정지제도가 가지고 있는 허점이 더 문제라고 생각했다. 검찰과 검사의 방관 때문에 윤 씨의 화려한 수감생활이 가능했던 것이라 여겼다. 하지만 재판에서는 박 교수의 허위진단서가 형집행정지의 강력한 근거가 되었고, 결국 이는 돈에 매수된 의사의 잘못이라는 분위기가 형성되고 있었다.

내가 진정서에 박 교수의 진단서가 허위라고 기술한 것은 진단서의 진위도 따지지 않는 형집행정지제도에 문제가 있다는 것을 전하기 위해서라고 말했다. 내가 증인으로 나서기 전에 대략 스물다섯 명의 의사가 검찰의 소환조사를 받은 것으로 알고 있고, 그 일부는 법정에서 "박 교수가 발급한 진단서는 허위진단서가 아니다"라고 증언했다. 이들은 변호사 쪽에서 요청한 박 교수 측 증인들이었는데, 나는 이 부분에 대해서는 개인적인 선택이라 생각했고, 당시 국민적인 지탄받고 있는 동료 교수를 보호하려는 행동이라 여겨 별도로 문제를 제기하지 않았다. 오히려 담당 검사인 구 검사에게 형집행정지를 승인해 준 검사는 왜 기소하지 않느냐고 항의했고, 그는 차차 조사할 것이라고만 했다.

박 교수의 변호인 측에서 "한 교수의 정의감이 결국 오버하면서 국민적 공분 사건으로 비화하여 걷잡을 수 없이 커졌다"라고 지적했을 때 나는 분노했다. 변호사는 사회 정의고 뭐고 관심이 없나보다고 생각할 정도였다. 이 지점에서 구 검사는 나에게 "한 교수의 진정서는 사법부에 이 사건을 알리려고 하는 공익성을 위해 써준 것이 맞습니까"라고 물어왔다. 순간 검사가 한 질문의 의도를 읽은 변호사의 얼굴이 찌푸려졌고, 구 검사는 눈을 반짝이며 나의 대답을 기다렸다. 나는 재판부 쪽을 바라보고 짧지만 명료한 답을 했다.

"그렇습니다."

그리고 사실이 그랬기 때문에 그렇게 행동한 것이다. 나는 사실 이날 재판 과정에서 내 초기 제보나 진정서 작성이 쟁점이 될 줄은 몰랐다. 재판부는 '공익성'이 있었는지를 확인하기 위하여 나에게 故 하지혜 씨 부친에게 왜 진정서까지 대신 써줬는지 더 캐묻기 시작했다. 법정에서 나는 그 이유를 솔직하게 대답했다.

"무기징역을 받은 자가 교도소 밖에 있는 것에 대해 큰 분노를 느꼈습니다. 그리고 그 문제의 중심에 동료 의사의 허위진단서가 있다는 것을 알고 의사로서 더욱 이를 받아들일 수 없었습니다. 그 환자의 기록을 볼 때마다 괴로웠고, 그 상황에서 벗어나기 위해 박 교수에게 퇴원시킬 것을 권유해 봤지만, 그가 받아들일 생각이 없는 것 같아 화도 나고 안타까웠습니다. 그래서 결국 하지혜 씨 부친을 움직여야겠다고 생각했습니다. 하지혜 씨 부친의 연락처를 수소문해 알아낸 후 만나서 제가 정리한 자료를 주고 아버지로서 움직이시기를 바랐던 것입니다."

법정 내부에서도 제보의 공익성을 인정해야 한다는 쪽으로 분위기가 흘러가고 있었다. 당시 내가 의사나 병원 보직자가 아니라, 불의를 목도하고 분노한 한 명의 시민이자 의사로서 공익을 위해 내부고발자로 나섰다고 모두가 공감하는 분위기였다.

하지만 다음 질문에서 나는 그날 SBS 취재에서도 줄곧 언급하지 않았던 내용을 언급하고 말았다. 내가 재판정에 또 다른 폭탄 하나를 던진 것이나 다름없었다.

"윤 씨의 남편 류 회장이 안과 전문의 고 교수에게 상상할 수 없는 돈을 건네려고 했고, 고 교수가 초대된 식사 자리에서 이를 거절했다는 말을 전화 통화 중 고 교수에게 직접 들었습니다"라고 증언한 것이다.

이전 재판에서 증인으로 나섰던 고 교수가 그런 일은 없었다고 증언한 바 있어 나의 증언으로 장내가 술렁였다. 고 교수가 병원 내에서 그렇게 이야기하고 다닌다는 것을 알고, 진위를 확인하기 위해 내가 고 교수와 통화했을 때 그의 입으로 직접 들은 사실이었다. 영남제분 측에서 거액의 돈을 제시했지만 거절했고, 구체적인 약속 시간과 장소 그리고 자신이 약속에 늦은 것까지 이야기한 것을 그 누구도 아닌 내가 직접 들었기 때문에 법정에서 그렇게 진술한 것이다. 하지만 고 교수의 위증은 아무도 문제를 제기하지 않아서 기소되지 않았다.

나는 SBS <그것이 알고 싶다> 900회, '사모님의 이상한 외출'의 후속 방송에서 '거액'이 오간 의혹에 대해 "노코멘트입니다"라고 대답했다. 이후 노코멘트라는 내 말에 대한 추측이 난무했다는 것도 알고 있었다. '금액이 너무 커서', '동료를 보호하기 위해서. 가재는 게 편', '사실이 아니어서' 등등 수도 없이 댓글이 달렸다. 앞서 12장에서 당시 내가 방송에서 '노코멘트'한 의도에 대해서는 충분히 설명했었다. 그런데도 법정에서 내 입으로 코멘트 하게 된 데는 두 가지 이유가 있다.

우선 증인석에서 했던 증인 선서가 한몫했다. "양심에 따라 숨김과 보탬이 없이 사실 그대로 말하고 만일 거짓말이 있으면 위증의 벌을 받기로 맹세합니다." 약간 긴장된 탓도 있었겠지만, 증인 선서의 내용이 내 머리에 각인되어 있어 숨김과 보탬이 없이 말하게 되었던 것 같다.

그리고 또 다른 이유는 고 교수에게 윤 씨 측이 거액을 제시했다는 내용을 처음 SBS에 제보하고 900회에 세브란스병원 의사라며 출연한 오지랖 넓은 후배를 외면할 수 없었기 때문이다. 그는 용기를 내서 제보했지만 다른 의사들이 모두 법정에서 사실무근이라고 증언한 상태였다. 나까지 모른다고 해버리면 그 후배는 정말 외로워질 것이고 다시는 이런 제보를 할 용기조차 내지 못할 것이 분명했다. 결국 나는 후배의 용기에 힘을 보태는 선택을 했던 것 같다.

이날 재판부는 이례적으로 피고인 박 교수에게 발언권을 줬다. 박 교수는 윤 씨를 입원시켰던 경위와 날짜, 이유 등을 설명했다. 그리고 내가 자신의 1년 후배이며 "왜 쓸데없는 환자를 입원시키느냐 등 반말을 하면서 모욕감을 줬지만 한 교수를 탓하고 싶지 않다. 그는 열심히 하는 교수다"라고 말했다. 나는 그 말을 듣고 재판정에서 그에게 "이유야 어찌 되었든 유감으로 생각한다"라고 말했다. 박 교수는 나를 추켜세워 주듯 말했지만, 그의 변호인은 "의사의 본분을 망각한 행위"를 했다며 나를 질타했다.

박 교수가 왜 그렇게 말했는지 이해는 가지만 실제로는 나를 많이 원망했을 것이다. 그에게 나는 자신을 궁지에 몰아넣은 원수일 뿐일 터였다. 그 역시 유방암 분야의 명의로 불리며 우리는 같은 대학, 같은 병원, 같은 의국의 동문 선후배 사이였는데 재판정에 마주 서야만 하는 현실이 씁쓸했다. 어찌 되었든 그의 자업자득(自業自得)이라고 생각한다.

당시 나는 사필귀정(事必歸正)이라는 사자성어를 인생의 교훈으로 삼고 있었다. 모든 일은 반드시 바른 이치로 돌아가 결국 정의가 실현된다는 뜻인데, 당시엔 이 말을 믿었지만 오히려 이 사건 이후에는 믿지 않게 되었다. 누군가의 이익을 위해, 특정 집단의 권력을 유지하기 위해 죄와 벌을 마음대로 늘리고 줄일 수 있다는 것을 알아버렸기 때문이다.

이 사건에 연루된 사람들이 받은 가볍디가벼운 최종 형량을 본다면 내 말에 공감할 수 있을 것이다. 2014도 15129 사건에 대한 대법원 판결문에 자세히 기록되어 있다. 대한민국 법원 홈페이지에서 판결서 인터넷 열람 서비스를 이용하면 판결문을 볼 수 있다.

대법원 최종 선고에서는 류 회장으로부터 돈을 받고 허위진단서를 발급해 준 박 교수에게 벌금 500만 원이 확정됐다. 재판 과정에서 박 교수는 윤 씨에게 허위 병명을 만들어 준 다른 의사들의 이름까지 들먹이며 책임을 전가하고 분산하고자 했다. 몇몇 레지던트들은 박 교수의 제자들이라 어쩔 수 없이 사실관계와 책임을 인정했지만, 또 다른 몇몇 레지던트는 그를 경멸하는 눈초리로 쏘아보며 박 교수의 지시로 진료기록을 작성했기에 그의 책임이라고 말했다. 그 레지던트 중 두 명은 여자인데 현재 세브란스병원 외과 교수가 되었다. 그 교수들을 볼 때면 마음이 짠하고 고맙다. 불이익을 당하더라도 불의에 타협하지 않았던 멋진 후배들이다.

안타깝게도 재판에서 박 교수 기소의 근거가 된 수차례의 허위진단서 발급 혐의 중 단 하나만 인정되었다. 또한 동조했던 나머지 의사들은 기소되지 않았다. 박 교수는 1심에서 허위진단서 작성죄가 인정되어 징역 8개월을 선고받았지만 2심에서 벌금 500만 원으로 감형되었고, 대법원에서 원심을 확정하면서 재판은 끝났다. 검찰 수사에서 박 교수가 영남제분 회장으로부터 받은 것으로 추정한 돈 1만 달러는 이모부가 용돈으로 준 돈이 입금된 것이라 주장했다. 이에 대한 다른 직접적인 증거가 없어서 뇌물수수 혐의에 대해서도 무죄 판결을 받았다.

오히려 문제가 된 것은 병원비로 지급된 거액의 출처였다. 류 회장은 2009년부터 영남제분과 계열사 법인자금 수십억 원 상당을 빼돌려 왔고, 그중 일부가 윤 씨의 병원비 등으로 사용된 것이 입증되어 해당 내용에 대해 유죄 판결을 받았다. VIP 특실에 5년 가까이 입원할 수 있었던 이유를 비로소 알게 되는 순간이었다.

류 회장이 무기수 아내를 빼내기 위해 돈을 주고 허위진단서 발급을 요구한 것에 대해서도 무죄가 선고되었다. 유전무죄(有錢無罪)라는 말이 선명히 떠오르는 순간이었다. 류 회장이 회삿돈을 빼돌린 것만 유죄로 인정되어, 1심에서 징역 2년을 받았다가 2심에서 징역 2년에 집행유예 3년을 받았다. 죄에 비해 참 형량이 가볍다는 생각이 들었다.

당시 검사들이 처벌받은 기록은 없다. 분명 수사 검사가 나에게는 이후에 조사할 것이라고 했었다. 기소는 검찰에서 추진한 일이고 결과적으로 허위진단서 발급이 유죄였으며, 허위진단서로 형집행정지가 이루어졌기 때문에 검사의 책임은 크지 않다고 판단할 수도 있기는 하다. 그러나 마무리가 깔끔하지 못하다는 생각이 드는 건 나만 그런 것일까?

일부 언론은 형집행정지제도의 불합리성을 집중적으로 보도하며 개선을 요구하는 여론에 불을 붙였다. 실질적 제도 개선까지 이어지는 데에는 시간이 꽤 걸리기는 했지만, 분명 눈에 보이는 성과가 있었다.

실제 법무부는 형집행정지제도의 악용을 막기 위해 여러 제도적 개편을 단행했다. 우선 과거에는 단 한 명의 의사가 발부한 진단서만으로 검사가 형집행정지를 결정할 수 있었으나, 사건 이후 불공정 논란이 커지자 심사 절차가 엄격해졌다. 형집행정지심의위원회 개최도 의무화되었다. 외부 의료 전문가 등 복수의 위원이 반드시 참여하여 허위진단이나 특혜 발생 가능성이 크게 낮아졌다. 외과 의사인 나에게는 나름대로 사회적 수술에 기여할 수 있었던 의미 있는 경험이었다.

결과적으로 공익성이 있는 내부고발로 인정되어 나는 법적으로나 병원 내부로부터 아무런 처분도 받지 않았다. 실제로 수사를 담당한 검찰과 법원에서 내 행동의 공익성과 정당성을 공식적으로 인정해 주었다. 윤 씨는 진짜 환자가 아니므로 진실한 진료기록이 작성된 것이 아니고, 나의 내부고발로 부적절한 형집행정지를 막을 수 있다면 공공의 이익이 더 크다고 생각해 타인에게 정보를 넘겨준 것이므로, 내가 처벌받을 일은 아니라는 주변 사람들의 조언이 맞았다. 검찰은 나를 기소하지 않았고, 내가 병원에서 계속 환자를 보고 수술을 하는 데에도 아무런 영향이 없었다.

병원 내 장기재원환자관리위원회 위원장의 임기도 원래대로 마쳤고, 이후 나는 아무런 보직을 맡지 않고 수술과 환자 치료 그리고 의학 연구에만 전념하게 되었다. 지금 생각해 보면 이는 내가 맡지 않은 것이 아니라 병원 경영진이 나에게 보직을 맡기지 않았던 것도 같다. 내가 또 어떤 대형 사고를 칠지 행정 책임자가 된 선배 의사들이 보기에는 영 불안했던 모양이다. 사실 나는 성향상 보직자로 병원 행정에 관여하는 것을 좋아하지 않았다. 여러 사람과 얽혀 있는 이익과 이해관계를 풀고 협력하는 행정가 일은, 수술실에서 칼을 쓰고 환자를 치료하는 데 보람을 더 느끼는 나 같은 외과의에게 맞는 일이 아닌 듯하다.

세브란스병원 외과 의국 동문회의 이름이 세도회인데 여기서 '도' 자가 '칼 刀' 자다. 외과 의사는 수술복을 입고 수술실에 들어가 메스를 잡고 수술을 해야 칼이 무디어지지 않는다. 의도하지 않게 사건 사고에 휘말렸지만 많은 수술을 하기 위해 노력했고 2025년 2월 퇴직할 때까지 직접 수술을 집도하여 칼이 무디어지지 않았다. 이렇게 진정한 소아외과 교수로 퇴직할 수 있었음을 감사하게 생각한다.

故 하지혜 씨 어머니는 딸이 죽은 검단산이 보이는 집을 구해 혼자 살다가 2016년 2월 20일 자택에서 숨진 채로 발견되었다.[13] 부모는 산에 묻고 자식은 가슴에 묻는다고 했던가! 결국 어머니는 딸을 가슴에 묻고 더는 살아갈 수 없었던 모양이다. 故 하지혜 씨 아버지는 이렇게 말했다.

"우리같이 엄청난 일을 겪은 가족은 같이 살기 어렵습니다. 만나면 자꾸 죽은 아이 생각이 나니까. 범죄 피해자들을 위하는 첫 번째 일은 가해자를 법으로 단호히 응징하는 것입니다."[14]

"애 엄마는 딸을 지키지 못한 죄책감과 그리움, 이런 것들이 겹쳐서…. 자기가 죽음으로 인해 최소한의 어떤 죄책감에서 벗어나고 또 고통을 잊으려고 한 것 같아요." 아버지의 이 말만 들어봐도 당시 그 가족이 얼마나 고통 속에 살고 있었는지 알 수 있다.

---

13) 청부 살해 된 딸 못 잊고...쓸쓸히 죽은 어머니(SBS 뉴스, 2016.02.23.)
    https://news.sbs.co.kr/news/endPage.do?news_id=N1003431508
14) '청부피살 여대생' 아버지의 가슴 절절한 편지(한국일보, 2013.05.27.)
    https://v.daum.net/v/M0O70gzadD

그렇게 세상에서 그 일을 잊어가고 있다고 생각했는데, 2021년 SBS <꼬리에 꼬리를 무는 그날 이야기>가 방송되면서 상세하게 그 사건이 재조명되었다. 이 방송 이후 영남제분 사모님 사건을 윤 씨의 망상에 의한 엽기적인 여대생 청부살인 사건으로 기억하는 사람들이 많아졌다.

하지만 내게는 한 가장의 분노가 용기가 되어 세상을 바꾸는 선한 영향력을 발휘한 사건이다. 종종 故 하지혜 씨 아버지와 전화 통화를 한다. 그는 나에게 전화로 근황을 전하며 마지막에 항상 고맙다고 말한다. 도리어 나는 "하지혜 씨 아버님의 용기로 불평등하고 불합리했던 형집행정지제도까지 개선되어 고맙고 정말 큰일을 하셨다"고 이야기한다.

이미 큰 고통을 겪었고 딸과 아내까지 잃었지만, 세상에 선한 영향력을 끼쳤다는 사실이 그가 오늘을 살아내는 힘이 되면 좋겠다. 그와 전화를 할 때면 여전히 고통의 무게감을 안고 살고 있다는 생각에 나도 마음이 매우 무겁다. 이 지면을 빌어 故 하지혜 씨의 명복과 유족의 평안을 빈다. 또한 죄를 지은 사람이 그에 합당한 벌을 받을 수 있는 정의로운 사회가 되기를 진심으로 바란다.

편집자의 말

1. 영남제분 여대생 청부살인 사건

2. 조두순 사건

3. 고유정 의붓아들 살해 혐의 재판

4. 전남 목포 아동학대 사건

이 사건들의 공통점은 단지 국민적 공분을 불러일으킨 충격적인 범죄라는 데 그치지 않는다. 복잡한 사건 속에서 진실의 실마리를 한 겹씩 풀어낸 인물의 면면을 살펴보면 이름 하나가 연속으로 등장한다는 공통점이 있다.

바로 신촌 세브란스병원 소아외과 한석주 교수님이다. 이 사건들 외에도 세간을 떠들썩하게 한 여러 사건 속에서 그는 공익 제보를 하거나 피해자 수술을 집도하거나 법정 증언을 해왔다.

수술실은 환자의 환부를 드러내고 수술을 하는 곳이며, 법정은 제도적으로 불합리한 것을 바로잡는 사회적인 외과 수술이 시행되는 곳이다. 두 곳 모두에 한석주 교수님이 계신다.

먼저 영남제분 여대생 청부살인 사건부터 살펴보자. 환자가 수술을 하려면 수술 일정이 나와야 하고 입원실에 병상이 있어야 한다. 당시에는 긴급한 수술로 병상이 절실함에도 불필요하게 장기입원 중인 환자들을 병원에서 퇴원시킬 수 있는 시스템이 없었기에 난감한 경우가 많았다. 이에 신촌 세브란스병원에서는 장기재원환자관리위원회를 조직하고 초기 매뉴얼을 만들기 시작했는데, 이때 위원회 레이더에 걸린 악질 장기입원 환자가 바로 무기수 윤○○였다. 교수님은 환자의 입퇴원 기록을 살펴보고 동료들과 안건에 대해 회의를 하던 중 윤 씨가 여대생을 청부살인 한 무기수라는 사실을 알게 되었다. 윤 씨의 진료기록과 검사기록을 바탕으로 퇴원을 권고하자 당시 주치의 박 교수는 자신의 동기가 부원장으로 있는 일산의 한 병원에 윤 씨를 입원시켰다. 무기수가 일산병원으로 옮겨 장기입원을 이어가고 있음을 알게 된 교수님은 죽은 여대생의 아버지를 수소문해 만났다. 그리고 손수 엑셀로 정리한 윤 씨의 입퇴원 기록을 여대생 아버지에게 건네며, 따님을 죽인 죄인이 반성은커녕 병원 VIP 병동에서 호화 생활을 하고 있다고 알렸다.

책 편집을 시작하기 전에는 그 엄청난 사건이 한석주 교수님의 제보로 세상에 드러났다는 사실을 전혀 알지 못했다. 교수님이 관련 방송 프로그램에 출연은 했으나 제보자로 소개된 것이 아니라, 장기재원환자관리위원장으로 장기입원에 대한 객관적 문제만을 언급했기에 실제 내부고발자라는 사실은 알려지지 않았기 때문이다. 결과적으로 이 사건은 윤 씨를 감옥으로 돌려보냈고, 관련자를 처벌하는 데서 그치지 않고 형집행정지제도를 개선하는 계기가 되었다.

형집행정지란?

징역, 금고 또는 구류의 선고를 받은 피고인이 심신장애로 의사능력이 없거나, 중병에 걸려 형의 집행이 어렵거나, 임신 6개월 이상인 때, 부모가 중병이나 장애인으로 보호할 다른 친족이 없는 때 등의 사유로 피고인의 형 집행을 일정기간 정지해 주는 것을 말한다.

형집행정지를 위해서는 피고인이 형집행정지 사유에 해당되는지를 '형집행정지심의위원회'에서 꼼꼼히 심의하는데, 형집행정지 심의위원은 내부위원과 외부위원으로 구성되며 외부위원들은 학계, 법조계, 의료계, 시민단체 인사로 구성된다.

지방검찰청 검사장은 심의위원회의 심의 결과를 고려해 형집행정지 결정을 하며, 검사의 지휘에 의해 형의 집행을 정지한다.

(출처: 검찰 누리집 www.spo.go.kr)

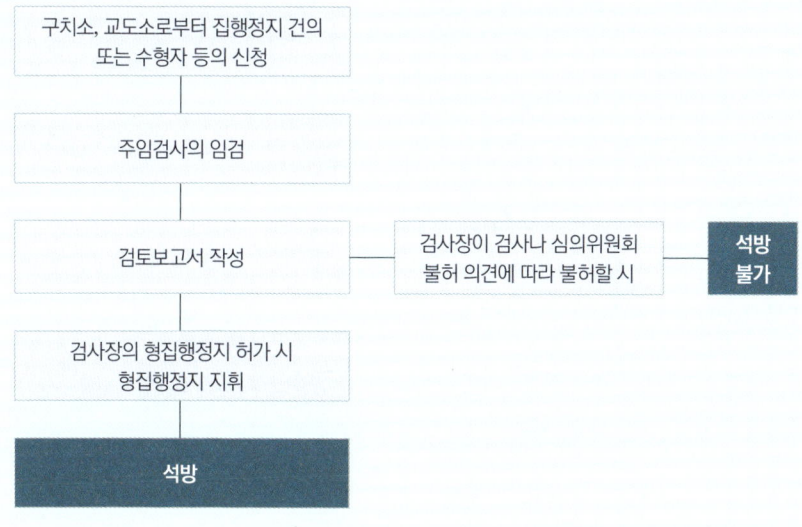

형집행정지 업무 흐름도

(출처: 대한민국 공식 전자정부 누리집)

2022년 10월 12일 연합뉴스의 팩트 체크에서 구정모 기자가 정경심 교수의 1개월 형집행정지 승인에 관해 다루었는데[15] 2013년 영남제분 사모님 사건을 계기로 관련 절차가 대폭 강화됐다고 기록하고 있다. 또한 이 사건은 2019년 KBS에서 방영된 드라마 <닥터 프리즈너>의 소재가 되기도 했다. 드라마 오프닝에서 김정난 배우가 사모님 사건이 연상되는 연기를 리얼하게 했고, 네티즌들이 실제 사모님 사건을 소환하며 이슈 몰이에 성공해 흥행한 드라마가 되었다.

<닥터 프리즈너> 첫 방송에서 배우 김정난이 남편과 바람을 피웠다는 여대생의 살인을 청부해 감옥에 갇힌 재벌가 부인 '오정희'로 등장했다. 외과 의사인 나이제(남궁민)와 협업하여 형집행정지를 받아내는 데 성공하고 그 대가로 나이제를 교도소 의료과장 자리에 추천한다. 여대생의 살인을 청부한 점, 형집행정지로 외부 병원에 입원해 호의호식하고 있는 에피소드는 자연스레 2002년도에 벌어진 모 기업 부인의 청부살인 사건을 연상시킨다.[16]

드라마에서처럼 영남제분 사모님 형집행정지 사건 이전에는 검사가 단 한 명의 의사가 발부한 진단서만으로 형식적 심사를 거쳐 형집행정지 결정을 내릴 수 있었다. 사건 이후에는 형집행정지심의위원회 기능을 강화하는 방향의 제도 정비가 이루어졌다. 대검은 '사모님 사건' 이

---

15) [팩트체크] 정경심 전 교수에 내려진 '1개월 형집행정지'는 전례 없다?(연합뉴스, 2022.10.12.)
   https://www.yna.co.kr/view/AKR20221012047800502
16) '닥터 프리즈너' '열혈사제' '빅이슈'…드라마, 실제 사건 담는 이유[S경TV연구소](스포츠경향, 2019.03.25.)
   https://m.entertain.naver.com/home/article/144/0000601820

후인 2013년 7월에 심의위 개최를 의무화하고, 의사 두 명 이상이 심의에 참여하도록 관련 규정을 개정했다.

2015년 7월에는 아예 심의위 관련 규정을 형사소송법에 넣었다. 현행 법령과 내규 등에 따르면 심의위는 각 지방검찰청 차장검사가 위원장을 맡고, 위원장을 포함해 5인 이상 10인 이하로 꾸려진다. 심의위 위원들은 공정한 심의를 위해서 내·외부 위원들로 구성된다. 검사장이 소속 검사와 직원 중에서 내부위원을 임명하고, 학계·법조계·의료계·시민단체 인사 등에서 외부위원을 위촉한다. 심의위는 형집행정지 또는 이의 연장 여부의 적정성을 심의하지만, 최종적으로 형집행정지 또는 그 연장 여부는 검사장이 이런 심의 결과를 고려해 결정하도록 개편된 것으로 안다.

건강상의 사유로 집행정지를 신청(또는 허가)할 때 의학적 타당성 및 사후 관리가 반드시 이루어지게 된 것이다. 즉, 과거와 달리 단순 진단서 제출만으로는 부당한 형집행정지가 어려워졌고, 실제로 임시 출소를 한 경우에도 엄격히 이동과 생활이 규제되는 방향으로 제도가 보완되었다.

개편된 형집행정지 관리 규정을 정리하면 다음과 같다.

○ 주거 및 이동의 제한: 형집행정지로 임시 출소한 경우, 특정 의료기관 등으로 주거를 제한할 수 있게 되었고, 외출·외박을 전면 금지할 수 있도록 관련 규정을 강화했다.

○ 진료 범위 제한: 치료에 꼭 필요한 수준으로만 시설이나 서비스를

제공받을 수 있도록 조건부 형집행정지가 가능해졌다.

○ 의료기관 내 활동 감독: 병원 내에서의 자유로운 활동이나 과도한 편의를 제한할 수 있는 법적 근거가 마련되었다.

○ 허위진단 관련 처벌: 해당 사건 이후 허위진단서를 작성한 의사, 회사 자금을 악용한 가족 모두 법적 처벌을 받는다.

○ 감독 강화: 임시 출소자의 위법행위나 거짓 진단 발급에 대한 감시·감독이 대폭 강화되었다.

연도	신청 건수	허가 건수	승인율
2018	299	185	62%
2019	338	199	59%
2020	406	232	57%
2021	425	292	69%
2022	434	233	54%

연도별 질병 사유 형집행정지 신청 및 허가 현황

출처: 연합뉴스(대검찰청 제공 자료)[17]

또 전 국민이 분노했던 조두순 사건. 한석주 교수님은 사건 피해자 나영이의 항문 복원 수술을 자청하여 평생 장루를 단 채 배변주머니를 차고 생활하지 않도록 삶의 질을 개선하는 수술을 해냈다.

---

17) [팩트체크] 정경심 전 교수에 내려진 '1개월 형집행정지'는 전례 없다?(연합뉴스, 2022.10.12.)
https://www.yna.co.kr/view/AKR20221012047800502

그뿐인가. 희대의 살인마 고유정 사건에서도 '의붓아들이 남편과 자다 질식사했다'는 주장을 제주도까지 내려가 법정에서 사인이 성립되지 않는다고 증언해 의붓아들 살인 혐의의 진상을 밝히는 데 결정적인 단서를 제공했다.[18] 그는 아동학대 등 아이가 피해자이거나 환자가 피해를 볼 가능성이 있는 사건마다 법정에서 전문의로서 소신 있는 증언을 하여 약자를 도왔다. 또 심평원 부실 심사에 맞서 승소하며 판례를 남겨 환자의 편에 선 일도 있었다.

참고로 <내 생애 최고의 수술>이라는 이 책의 제목은 동아일보의 기획 연재 코너 제목이기도 하다. 이 시리즈는 현재까지 수백 회 이상 최고의 수술 사례를 기사로 소개하고 있다. 그중 한석주 교수님은 2회 차 기사인 "조두순 사건, 나영이에게 인공항문 달아준 한석주 교수"에 등장했다. 편집을 마무리하면서 동아일보 기자님이 찍은 사진을 표지로 사용하려고 사진 저작물 사용권을 구매하는 과정에서 동아일보 측으로부터 <내 생애 최고의 수술>이라는 제목을 도서명으로 사용할 경우, 표현의 독창성과 일반성 등을 종합적으로 검토하길 권한다는 회신을 받았다. 회신을 받은 후 '내 생애 최고의 수술'이라는 말은 의사로서 한석주 교수님의 삶, 그 자체를 독자에게 설명하는 매우 독자적이면서도 일반적인 표현이라는 확신이 들었다.

이 책의 제목을 <내 생애 최고의 수술>로 정한 이유는 한석주 교수님의 뜻이 아닌 편집팀 모두의 뜻이었고, 교수님께서 동의해 주셨다.

18) https://www.mediajeju.com/news/articleView.html?idxno=323486

이 책의 각 챕터에서 교수님의 '최고의 수술'이 환자들의 삶 그리고 사회를 어떻게 바꾸어나갔는지 알 수 있어, 편집자로서의 자부심과 첫 독자로서의 카타르시스도 느낄 수 있었다. 편집을 하며 한 교수님의 회고록을 맡을 수 있었다는 사실에 감사했고, 나 또한 한 사회인으로 내 자리에서 할 수 있는 올바른 일을 실천하겠다는 작은 용기도 생겼다. 본 책을 통해서 교수님을 만나는 분들도 세상에 대한 희망과 용기를 얻기를 진심으로 바란다.

편집자 경향신문사 라이프팀장

이유진 기자

횡격막 탈장 사건,
원칙을 지킨다는 것

세브란스 소아외과 교수에서 서울고등법원 상임전문심리위원이 된
의학박사 한석주의 조금은 특별한 삶의 기록

14.
횡격막 탈장 사건,
원칙을 지킨다는 것

나는 역사 현장에 가는 것을 좋아한다. 휴일이면 성곽이나 왕릉에 가서 역사적 사실과 관련된 증거들을 발견하고 과거에 일어난 일을 생각하며 역사의 현장에 섰던 그 사람이 그렇게 행동할 수밖에 없었던 이유를 상상하는 것을 즐긴다. 이렇게 어떤 사실이 발생한 물적 흔적을 두 눈으로 확인하고 이를 통해 과거의 상황을 구성해 생각하는 나의 성향은 의사로서 논문을 찾아가면서 환자 치료를 고민할 때도 장점으로 작용했고, 현재의 상임전문심리위원 활동으로도 이어졌다.

법원에서 판사와 검사는 법률 전문가지만 의료 전문가가 아니기 때문에, 의료 관련 소송에서 과거의 사실관계를 판단하려면 고도의 의학 지식을 가진 사람의 도움이 필요하다. 그래서 우리나라 법원은 경력이 충분한 의사를 상임전문심리위원으로 위촉해 소송에 참여시키고 의견을 내도록 함으로써 재판부가 사실관계를 정확히 파악하고 올바른 판단을 할 수 있도록 노력하고 있다.

서울고등법원 상임전문심리위원으로 활동하는 나는 의견서를 쓸 때면 2018년 횡격막 탈장 사건을 자주 떠올린다. 해당 사건은 복통을 호소하던 8세 어린이가 성남 소재 A종합병원을 여러 차례 방문했음에도 불구하고, 결국 횡격막 탈장으로 인해 사망에 이른 안타까운 사건이다. 1심 지방법원 재판부는 해당 의료진 세 명에게 실형을 선고했고, 이는 의료계에 큰 파장을 불러왔다. 내가 이 사건에 개입하게 된 것은 형사기소된 이 사건의 진료기록 감정이 나에게 의뢰되었기 때문이다. 나는 환아의 진료기록을 보면서 당시 상황이 영화필름처럼 그려졌다.

엑스레이 속 '명백한 이상 소견'

나는 보통 의료 감정을 진행할 때 항상 세 단계를 거친다. 첫째, 진료기록을 꼼꼼히 살피며 사실관계를 정리한다. 둘째, 그 사실관계만을 가지고 의학적 판단을 내린다. 셋째, 사실관계와 판단이 정리되면 감정 문항을 확인하면서 감정서를 작성한다. 이는 공정하고 정확하게 감정을 진행하기 위한 내가 고안한 감정 프로세스다.

사건기록을 면밀하게 검토하면서 내 눈에 들어온 것은 피해 아동의 흉부 엑스레이에서 발견된 '흉수를 동반한 폐렴 소견'이었다. 해당 피해자는 2013년 5월 27일부터 6월 8일까지 극심한 복통을 호소해 네 차례에 걸쳐 A병원을 찾았다. 그리고 다음 날인 6월 9일 B병원에 방문했을 때, 흉부로 탈장되어 터진 위에서 위산이 흉강으로 터져 나와 사망했다. 1심 재판부는 피고인들에게 적절한 치료 시기를 놓친 과실이 인정된다고 판결했다. 변호인 측은 당시 엑스레이 소견이 횡격막 탈장을 진단하기에 애매하다고 주장했지만, 환자가 A병원에 처음으로 방문해 촬영한 흉부 엑스레이에는 '의과대학생도 쉽게 알 수 있는 명백한 이상 소견'이 존재했다. 그럼에도 A병원 의료진이 이를 간과하여 치료 시기를 놓치는 바람에 환자가 사망에 이른 것이다. 2013년 당시 이 사건 엑스레이 사진은 전장을 기록한 종군기자의 사진처럼 모든 진실을 담고 있었다. 이 사건을 상세히 설명하기 위해 당시 재판부에 제출했던 진료기록 감정서의 일부를 그대로 소개하면 다음과 같다. 참고로 사망한 아이의 아버지는 나에게 아들의 진료기록과 영상기록을 논문이나 다른 출판물에 사용해도 된다고 오래전에 허락한 바 있다.

A병원 응급실 1차 방문(2013.05.27. 00:53~01:50)

환아는 과식한 뒤 저녁부터 복통이 발생해 2013년 5월 27일 00시 53분 A병원 응급실을 방문했다. A병원 응급실 의료진(피고3)이 환아를 진찰했고, 당시 활력 증상은 체온 36.7도, 호흡수 분당 20회, 의식은 명료한 상태였으며 복부나 흉부 진찰에서 특이한 소견은 없었다. 흉부 엑스레이 촬영과 복부 엑스레이 촬영을 시행했는데 문제는 이때 발생했다. 당시 촬영한 흉부 엑스레이 촬영에서 폐에 명확한 이상 소견이 확인되었음에도 불구하고, A병원 응급실 의료진이 환아를 변비라고 진단하고 관장을 시행한 후 귀가시킨 것이다.

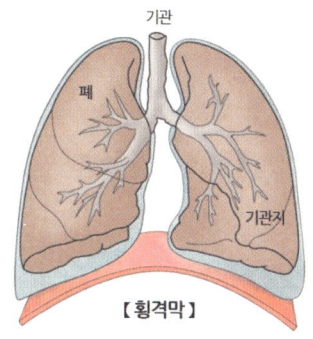
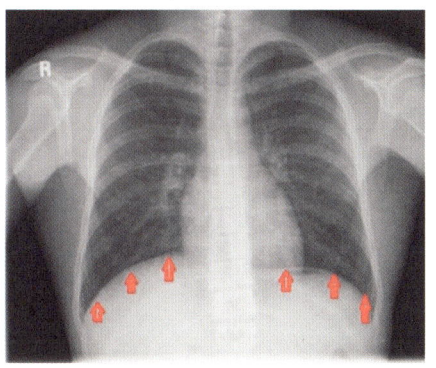

【횡격막】

기관

폐

기관지

R

[그림 1] 정상인의 횡격막과 정상인의 흉부 엑스레이 사진

좌측은 흉강과 복강을 나누는 근육인 횡격막(橫膈膜, Diaphragm)의 모습을 도식화한 것임. 우측은 정상인의 흉부 엑스레이 촬영 사진으로, 좌우 횡격막이 복강과 흉강을 나누는 명확한 경계선으로 나타나고 있음(붉은 화살표).

정상인의 흉부 엑스레이 촬영인 [그림 1]을 보면 정상인은 늑골 횡격막 각Costophrenic Angle, CPA이 날카로운 예각으로 보인다. 그런데 [그림 2]를 보면 늑골 횡격막 각이 부디게CPA Blunting 보인다. 이는 환자가 결핵, 폐암, 농(고름) 또는 횡격막 관련 질환과 같은 심각한 질병을 가지고 있을 가능성이 있다는 소견이다. 병리적으로는 흉막의 염증, 흉막 삼출 또는 과거의 흉막염증으로 인한 흉막 유착 등이 있을 때 관찰되는 것으로, 전문의가 아닌 의사 면허를 딴 지 얼마 안 되는 병아리 의사인 수련의 정도라고 해도 [그림 2]의 흉부 엑스레이에서 좌측 횡격막 경계선이 소실되었고 좌측 늑골 횡격막 각도 둔각화가 되어 있음을 확인할 수 있어야 한다.

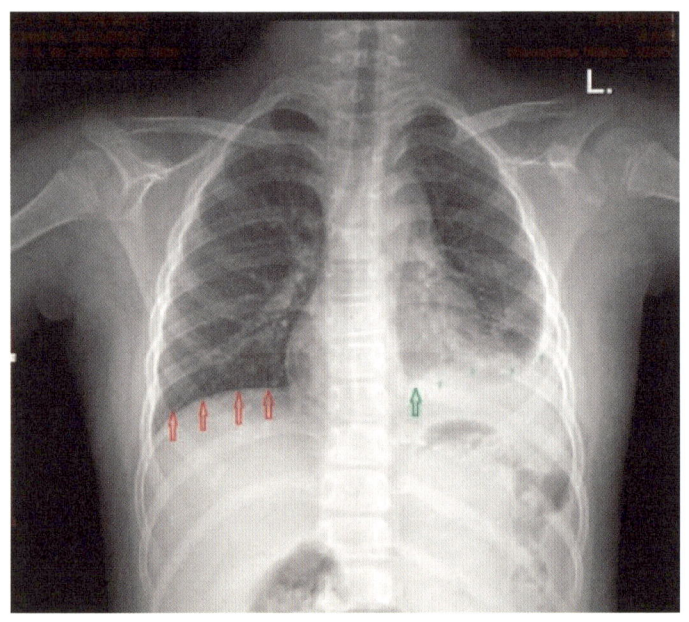

[그림 2] 2013년 5월 27일 A병원 응급실 방문 시 촬영한 환아의 흉부 엑스레이 사진

2013년 5월 27일 A병원 응급실 방문 시 촬영한 환아의 흉부 엑스레이 사진. 우측 횡격막 경계선은 명확하게 보이나(붉은 화살표), 좌측 횡격막 경계선은 내측(內側, Medial)으로 극히 일부(초록색 화살표)만 보이고, 외측(外側, Lateral)으로는 보이지도 않음(초록색 물음표). 또한 좌측 늑골 횡격막 각이 둔해져 있음(CPA Blunting)이 확인됨.

이런 소견만으로 바로 횡격막 탈장까지 진단하기는 쉽지 않다. 그러나 이러한 명백한 이상 소견이 발견되었을 때 추가적인 검사와 경과 관찰은 반드시 필요하다. 그런데 A병원 의료진은 이런 기초적 이상 소견을 여러 번이나 간과해 망아와 그 가족에게 돌이킬 수 없는 비극을 초래했다. 나는 이 사실을 감정서에서 지적할 수밖에 없었다.

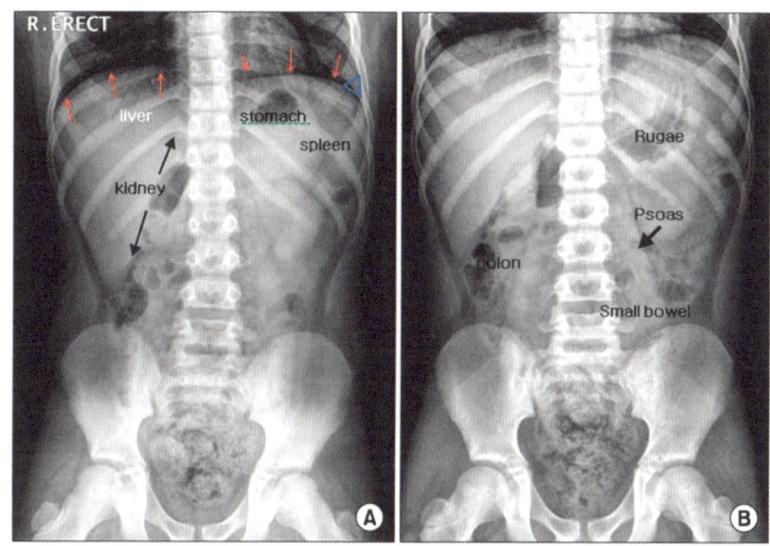

[그림 3] 정상 소아의 복부 엑스레이 사진

사진 Ⓐ는 정상 소아가 서서 찍은 엑스레이 사진(Upright Abdominal X-ray)

사진 Ⓑ는 정상 소아가 누워서 찍은 복부 엑스레이 사진(Flat Abdominal X-ray)

정상 소아의 복부 엑스레이에서는 환자의 체위와 관계없이 좌우 횡격막 경계선이 모두 명확하게 관찰되고(붉은 화살표) 늑골 횡격막 각도는 예각을 만들어야 함(푸른 삼각형).

환자가 서서 찍을 경우 위(胃) 내용물에 따라서 가스와 액제가 이루는 수평선이 관찰되기도 함(초록색 점선). 이 경우 위의 위치를 알 수 있으며, 정상이라면 위는 횡격막 아래에서 관찰되어야 함.

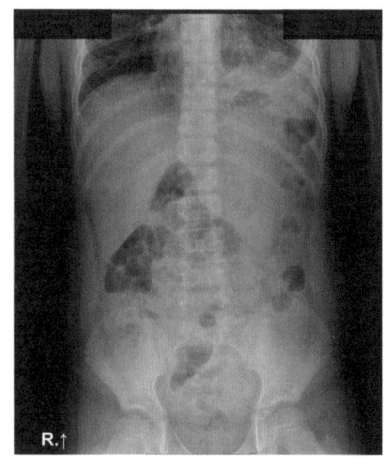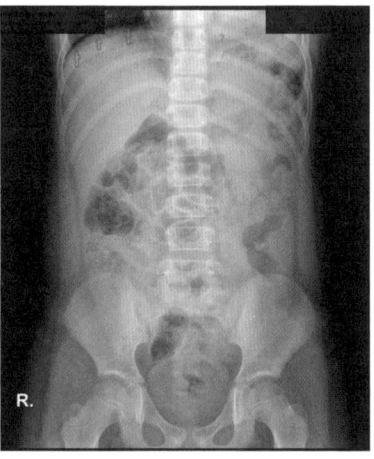

[그림 4] 2013년 5월 27일 A병원 응급실 방문 시 촬영한 환아의 복부 엑스레이 사진

좌측은 환아가 누워서 찍은 복부 엑스레이 사진, 우측은 환아가 서서 찍은 사진임.

두 사진 모두 복강 내 특이 소견은 관찰되지 않으나 흉부 엑스레이 촬영과 마찬가지로 좌측 횡격막 경계선 소실과 좌측 늑골 횡격막 각도가 둔해져 있음(CPA Blunting)이 관찰됨. 위의 수평선은 관찰되지 않으나 촬영 당시 위 내용물에 따라 관찰되지 않을 수도 있어 이는 이상 소견이라고 할 수 없음.

    당시 A병원의 의료진은 응급실 방문 시 촬영한 환아의 흉부 및 복부 엑스레이 촬영에서 동일하게 관찰되는 [그림 2]와 [그림 4]의 소견들[19]을 인지하지 못했거나 간과한 것이다. 그리고 환아를 비특이적 복통으로 진단하고 변이 찼다고 하면서 관장 30cc를 시행했다. 환아는 소량의 대변을 보고는 귀가했다. 이 과정을 쉽게 설명하면, 의사는 환아의 배에 똥이 많이 차서 배가 아픈 것이라고 판단하고 관장만 시킨 뒤 집으로 보낸 것이다. 아이가 상당한 통증을 느끼고 있는 상황인데도 말이다.

---

19) 좌측 횡격막 경계선 소실, 좌측 늑골횡격막 예각 소실.

환아는 2013년 05월 27일 응급실을 방문한 당일과 2013년 05월 30일, 이렇게 총 두 차례 A병원 소아과 외래를 방문하여 소아청소년과 전문의인 피고1에게 진찰을 받았다. 피고1인 소아청소년과 의사는 환아를 진찰하고 또다시 변비라고 진단했다. 이날 소아청소년과 의사가 응급실에서 찍은 엑스레이를 봤는지 안 봤는지는 알 수 없으나, 제출된 외래기록에 의하면 앞서 제시된 [그림 2], [그림 4]의 소견에 대한 기록은 존재하지 않으며 추가 영상의학 검사를 처방하는 등의 조치를 한 기록 역시 존재하지 않는다. 5월 27일 엑스레이를 영상의학과 전문의가 판독해 상기 소견들이 기록되어 있는 상태였던 2013년 5월 30일 환아가 다시 내원했을 때, A병원의 소아청소년과 전문의는 엑스레이 판독 결과를 확인하지 않았다. 그리고 환아의 복부를 진찰하고도 특이 소견이 없다면서 또다시 변비로 진단하고 변비약을 처방했다. 이렇게 반복적으로 검사 결과를 무시하고 진행된 처방 때문에 환아는 불행하게도, 충분히 살 수 있는 상황에서 죽어가고 있었다.

환아는 이후 6월 8일 오후 3시 A병원 응급실에 두 번째로 방문했는데, 응급실 의료진은 환아가 소아과 외래에서 변비라는 진단으로 치료받은 병력을 확인하면서 좌측 상복부를 눌러서 직접압통[20]이 있음을 확인했다. 이때 응급실 의료진은 환아에게 복부 엑스레이 촬영을 시행했으며 결과는 [그림 5]와 같다.

---

20) Direct Tenderness. 환자의 특정 신체 부위를 의사가 누를 때 아파하는 것을 말함. 이에 반해 환자의 신체 부위를 누른 후 손을 떼면 나타나는 통증을 반사통(Rebound Tenderness)이라고 함. 반사통은 복막염의 소견이기도 함.

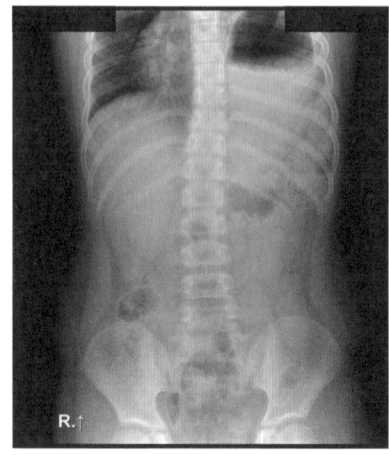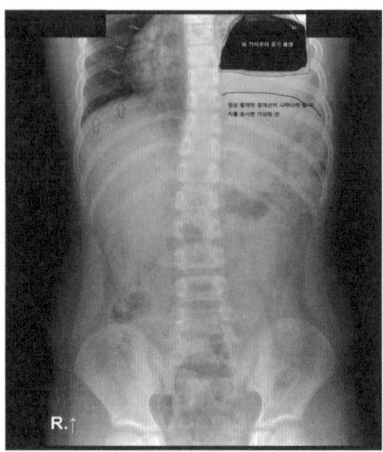

[그림 5] A병원 응급실 2차 방문 시 환아가 서서 찍은 복부 촬영(Upright Abdomen) 사진

좌측은 원본 사진이며, 우측은 영상의학적 소견을 표시한 것임. 이 사진에서도 우측 횡격막 경계선(큰 붉은 화살표)은 명확하게 관찰되나 좌측 횡격막 경계선은 보이지 않음. 위(胃) 내용물이 이루는 수평선 이 관찰되고 이를 통해 좌측 횡격막의 정상 위치(검정 선)보다 상부에 상당히 팽창된 위(胃)가 위치하 고 있음이 확인됨. 심장이 우측으로 밀리고 있는 소견도 관찰되고 있음(작은 붉은 삼각형).

[그림 5]에서 확인되는 소견은 좌측 횡격막 탈장 혹은 좌측 횡격막 이 완증21)이 의심되는 소견인데, 위가 팽창되어 있어서 위의 교액성 괴 사22)나 염전23)도 의심할 수 있는 소견이었다. 하지만 A병원 응급실 의 료진인 피고2는 2차 응급실 방문 시 찍은 엑스레이[그림 5]의 너무나도

---

21) Diaphragmatic Eventuation. 횡격막이 느슨하게 이완되는 현상. 횡격막 신경 손상이나 다른 원인으로 인해 선천적 혹은 후천적으로 발생함.
22) Strangulation. 장이 인체 구조물에 의해 조여져서 장 조직의 혈액순환이 차단되어 조직이 죽는 현상. 괴사로 인한 천공이 발생함.
23) Volvulus. 장기가 어떤 축을 중심으로 회전하는 현상. 염전이 진행되면 분비물의 입출구가 모두 막혀 장기 내로 분비물이 고이면서 장기가 팽창되며, 장기의 꼬임 자체도 혈액순환을 차단해 교액성 괴사로 진행됨.

뚜렷하고 저명한 소견을 보지 못했거나 보고도 무시한 것 같다. 응급실 의료진은 환아에게 또다시 변비라고 진단하고 글리세린 관장을 한 다음 15시 35분경 환아를 귀가 조치했다. 그런데 진찰 소견이 걱정되었는지 급성복증의 가능성에 대해 환자에게 설명했다고 기록되어 있다. 급성복증Acute Abdomen, 急性腹症이란 환자의 상태가 응급으로 개복을 해야할지 결정할 정도로 심각한 복부 상태가 의심되는 경우를 총칭하는 것이다. 만약 환자가 급성복증이라고 생각되면 의사는 환자를 귀가시키면 안 된다. 그런데 당시 A병원 의료진은 급성복증의 가능성이 있다고 환자에게 경고하면서도 귀가하라고 했다. 대체 왜 그런 것인지 나는 지금도 이해가 되지 않는다.

환아는 집으로 돌아갔지만 약 7시간 30분 후인 2013년 06월 08일 저녁 11시경 복통을 견디지 못해 분당 B병원 응급실에 내원했다. 환아가 분당 B병원 응급실에 방문했을 당시 맥박은 분당 156회로 매우 상승한 상태였고, 호흡수는 분당 30회로 빈호흡이었으며, 급성 병색 소견을 보였다. 환아의 복부는 강직되어 있었고, 복부 전체를 직접 눌렀을 때 통증이 있었고(직접압통)과 누르지 않은 상황에서도 통증(간접압통)이 있어서 급성복증을 의심해야 하는 상태였다. 더 큰 문제는 내원 시 환아의 산소포화도가 94%였는데, 산소 투여를 하는 상태에서도 1시간 후 89%로 떨어질 만큼 저산소증 상태가 지속되었다. 사실 이렇게 저산소증이 지속되면 환아는 장기나 폐의 문제뿐 아니라, 뇌손상으로 사망할 가능성도 커진다. 뇌사에 이를 수도 있게 되는 것이다. 어떻게 이러한 상태까지 이를 때까지 방치되고 검사 결과가 무시되었는지, 지금 생각해도 너무 안타까울 뿐이다. 환아에게서 2013년 06월 08일 23시 32분경 채혈한 혈액의 헤모글로빈은 16.4g/dL, 헤마토크리트는 50.1로 정상이었으나, 백혈구는 17230/uL로 상승되어 있었으며, 혈당은 552mg/dL로 상승해 있었다.

분당 B병원 응급실 의료진은 내원 즉시 흉부 및 복부 엑스레이 촬영을 시행했고 그 결과는 [그림 6], [그림 7]과 같다. [그림 6]의 소견은 좌측 긴장성 기흉Tension Pneumothorax과 수흉Hydrothorax이 동시에 발생한 긴장성 수성기흉Tension Hydropneumothrax의 소견이다. 공기가 흉강에 들어간 상태를 기흉이라고 하며, 액체가 흉강에 들어간 상태를 수흉이라고 한다. 긴장성이라는 단어는 기흉이나 수흉의 진행에 의하여 심장을 포함한 종격동(세로칸)과 폐가 밀려서 심장 기능, 폐 기능이 저하되는 응급 상태를 말할 때 쓰인다.

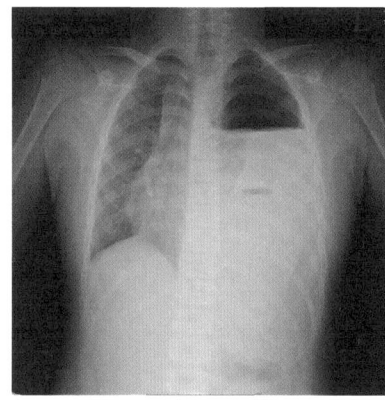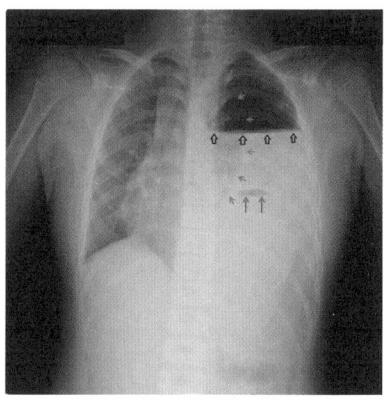

[그림 6] 분당 B병원 응급실에서 환아가 서서 찍은 흉부 엑스레이 사진

좌측은 2013년 06월 08일 23시 12분경 분당 B병원 응급실에서 촬영된 서서 찍은 흉부 엑스레이 사진이며, 우측은 그 영상의학 소견을 표시한 것임. 이 사진에서도 좌측 횡격막 경계선은 보이지 않으며, 좌측 흉강에 액체와 공기가 가득 차 있고 이로 인해 형성된 큰 수평선이 관찰됨(검정색 화살표). 이 큰 수평선 위로 대량의 공기가 좌측 흉강의 꼭지까지 관찰되고 있음. 큰 수평선 아래로 또 다른 작은 수평선이 관찰됨(붉은 화살표). 좌측 폐는 폐 문부에 매달려 허탈[24]되어 있는 상태임(녹색 화살표). 심장, 기관 등의 종격동이 환아의 우측으로 밀려 있어서 긴장성 수성기흉의 상태임.

---

24) Collapse. 폐가 기흉이나 외부의 힘 등으로 인해 공기가 차지 못한 상태로 쪼그라드는 상태.
(출처: 감정인)

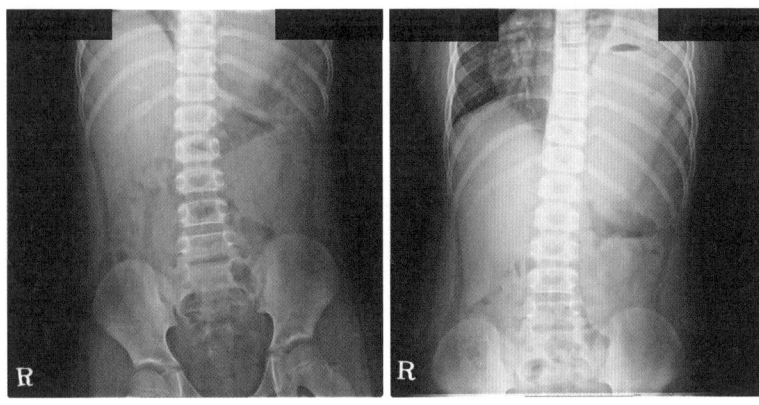

| 누워서 촬영한 복부 엑스레이 | 서서 촬영한 복부 엑스레이 |

[그림 7] 분당 B병원 응급실에서 촬영된 복부 엑스레이 사진

누워서 촬영한 복부 엑스레이에서 좌측 횡격막 경계선이 보이지 않으며, 흉부 엑스레이에서 관찰된 작은 수평선이 서서 찍은 복부 엑스레이에서도 같은 위치에서 관찰됨. 이 작은 수평선 위로는 소량의 공기만이 관찰됨.

    [그림 5], [그림 6], [그림 7]의 사진을 모두 종합해 판단하면 [그림 5]에서 위(胃) 안에 있던 다량의 공기와 액체가 좌측 흉강으로 배출되어 새로운 큰 수평선을 이루었고, 위에는 소량의 공기와 액체만 남아서 [그림 6], [그림 7]의 작은 수평선을 이루었다고 추정할 수 있다. 게다가 [그림 6], [그림 7]에서 작은 수평선을 이루는 공기를 담고 있는 인체 구조물이 횡격막 결손 부위를 통해 흉강으로 탈장된 위(胃)라는 사실은 추후 B병원에서 실행한 흉부 CT[그림 10]에서 확인되었다. 분당 B병원에 내원한 지 43분이 지난 다음 시행된 환아의 동맥혈 가스 검사Arterial Blood Gas Analysis 결과는 다음 표와 같다.

[표 1] 환아의 동맥혈 가스 검사(Arterial Blood Gas Analysis) 결과

pH	pCO2	pO2	HCO3	tCO2	BE	O2Sat
7.249	29	77.3	12.4	13.3	-13.1	93.6

내원 당시부터 환아는 저산소증 상태였다. 산소포화도 93.6%, 산소
분압 77.3mmHg로 환아는 경도의 저산소증 상태였으며, pH 7.249,
HCO3 12.4로 감소 소견이었고 기흉과 같이 폐에서 공기 순환이 되지
않고 있었다. pCO2는 증가해 있어야 함에도 불구하고 오히려 pCO2가
29mmHg로 감소한 것은 환아가 보상성 대사성 산증 상태Compensated
Metabolic Acidosis임을 의미한다.

영상 자료를 통해 나는 환아의 위장이 흉강으로 탈장되어 위산 등 분
비물이 위 안에 고이면서 위가 팽창하다가 어느 시점엔가 파열되었고,
흉강으로 쏟아져 나온 위액이 흡수되면서 대사성 산증이 온 것으로 추
정한다.

당시 분당 B병원의 응급실 의료진은 환아에게 좌측 긴장성 기흉과
좌측 흉막 삼출이 있다고 판단하여 즉각적인 흉강삽관술을 2013년 06
월 09일 00시 35분경 시행했으나 실패해 이를 제거하고, 00시 55분경
다시 흉강삽관술을 시행했다. 삽관 직후 약 300cc 분량의 오래된 혈액
성 액체가 배출되었다고 기록되어 있다. 2차 흉강삽관 후에 흉강삽관술
이 제대로 시행되었는지 확인하고자 01시 05분경 흉부 단순 방사선 촬
영을 했으며 그 결과는 다음 [그림 8]과 같다.

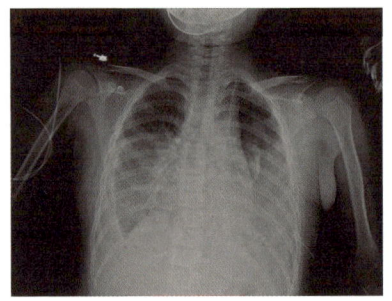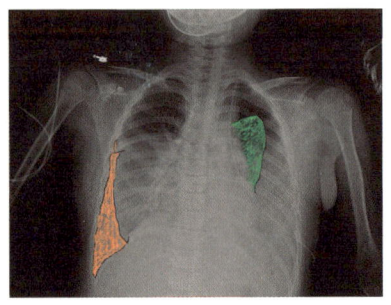

[그림 8] 좌측 흉강삽관술 시행 후 촬영된 누워서 찍은 흉부 엑스레이 사진

우측은 이해를 돕기 위해 영상의학 소견들을 그림으로 표시한 것임. [그림 6]에서 보이던 수평선들은 누워서 찍은 본 사진에서는 모두 관찰되지 않음. 좌측 폐가 아직 완전하게 펴지지 않았고(초록색 표시 부분) 좌측 기흉도 일부 남아 있으나, 우측으로 전위되었던 심장이 좌측으로 복원된 것으로 보아서 흉강삽관이 정상적으로 기능하고 있음을 알 수 있음. 삽관의 위치도 적절해 보임. 우측 흉강에 이전 사진들에서는 보이지 않던 삼출액이 새로 관찰됨(살구색 표시 부분).

    하지만 2차 흉강삽관술이 성공적으로 시행되었음에도 환아의 상태는 호전되지 않았다. 환아가 위중한 상태가 되자 B병원 의료진은 중심 정맥관을 삽입했으며 당시 환아의 의식은 소실된 상태로 보였다. B병원 의료진은 흉강삽관 직후 1차 기관삽관을 시행했고 기관삽관 직후 환아의 산소포화도는 96%로 호전되었다. 하지만 이 상태가 불과 10분 만에 나빠져서 산소포화도가 66%로 떨어지자 의료진은 1차 기관삽관을 제거하고 다시 2차 기관삽관을 시행했다. 이는 1차 삽관이 제대로 이루어지지 않았을 가능성을 염두에 두고 재삽관을 시행한 것이다. 산소포화도가 66%이고 의식이 소실되었다면 뇌손상이 불가피하다. 아마도 이 상태에서는 생존하더라도 뇌손상으로 인한 치명적인 장애가 발생했을 것이다. 당시 기록을 보면 B병원 의료진은 환아를 살리기 위해서 신속하게 필요한 처치를 수행하며 최선을 다한 것으로 보인다. 의료진은 02시 00분경 2차 기관삽관 후 흉부 방사선 촬영을 했으며 그 결과는 [그림 9]와 같다.

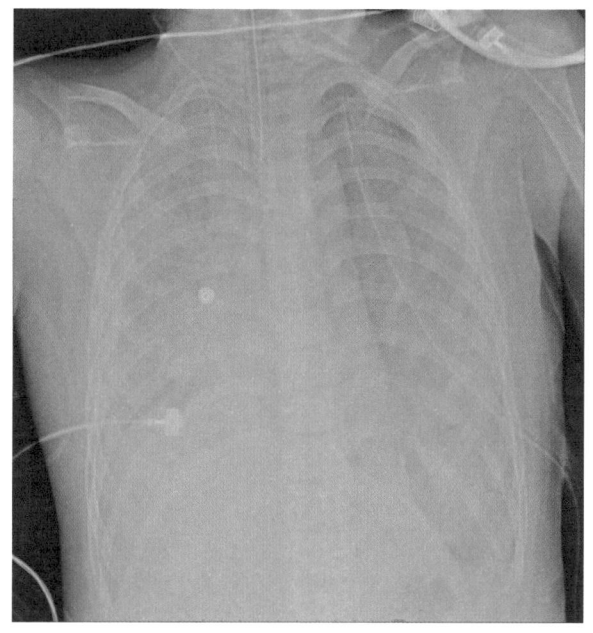

[그림 9] 기관과 중심정맥에 삽관 후 촬영된 흉부 엑스레이 사진

허탈되었던 좌측 폐가 아직 펴지지 않고 있으며 좌측 기흉도 남아 있음. 우측 흉강에서 삼출액이 관찰됨. 좌우 폐 실질이 전반적으로 하얗게 보여 폐부종25)이 의심되는 소견임. 기관삽관과 중심정맥관 삽입 위치는 적절해 보임.

---

25) Pulmonary Edema. 폐간질 및 폐포에 체액이 과도히 축적되어 호흡이 곤란해지는 질환.
    (출처: 서울대학교병원 의학정보 http://www.snuh.org/)

하지만 02시 04분경 환아에게 심폐정지가 발생했고, B병원 의료진의 심폐소생술로 02시 14분경 환아는 일단 회복되었다. 당시 중심정맥압[26]은 13.5cmH2O였다. 다시 02시 55분경 흉부 CT와 뇌 CT를 시행했으며 촬영 후 환아는 제2중환자실로 이송되었다. 다행스럽게도 뇌 CT 결과는 정상이었고, 흉부 CT 촬영 결과[그림 10]를 보면 횡격막 결손 부위를 통해 흉강으로 탈장된 것이 관찰된다. 검정 부분은 위 안의 공기이며, 위벽이 비후화되어 있는 것으로 보아 환아의 혈액 속에서 발견된 산성물질은 위산으로 추정된다.

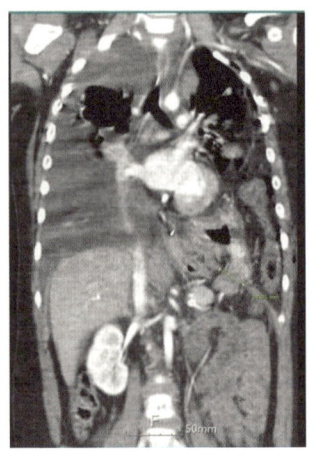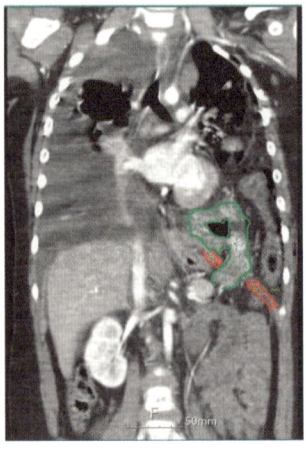

[그림 10] 2013년 6월 9일 분당 B병원에서 시행한 흉부 CT 촬영 사진

우측 사진에서 횡격막은 붉은색, 위벽은 초록색으로 표시함. 위가 좌측 횡격막 결손 부위를 통해 흉강으로 탈장된 것이 관찰됨(검정 부분은 위 안의 공기임). 위벽이 비후화되어 있음. 측정된 횡격막 결손부 크기는 7.5×3.9cm임. 위와 함께 흉강으로 탈장된 대망, 비장 주위에 소량의 유리기체가 보임.

---

26) CVP, Central Venous Pressure. 중심정맥압은 우심방과 대정맥 내의 압력으로 환자의 체액 상태나 우심실 기능을 진단하는 데 가치가 있음. 정상 중심정맥압은 5~10cmH2O임.

당시 B병원 영상의학과 전문의의 흉부 CT 공식 판독(아래 내용)이 감정물에 포함되어 있었는데, 나는 이 판독과 동일한 소견을 가지고 본 사건을 감정했다.

판독 일시 2013-06-10 14:47

기관삽관이 되어 있는 상태임. 좌측 횡격막 후방으로 상당히 큰 횡격막 결손이 관찰되고 이를 통해 위, 대망, 하행결장, 췌장의 미부(尾部, Tail), 비장이 좌측 흉강으로 탈장되어 있음.

→ 선천성 횡격막 탈장 의심(Bochdalek hernia)[27]

좌측 폐상엽(上葉, LUL; Left Upper Lobe)의 일부를 제외한 좌측 폐 전체는 이들 탈장된 장기에 눌려서 무기폐[28] 상태가 되어 있음.

좌측 흉강삽관이 이루어져 있고, 소량의 기흉이 남아 있음.

좌측 흉곽 벽 외측과 전측에서 피하기종[29]이 관찰됨.

상당량의 흉강삼출액이 우측에 관찰되며 이로 인해 우측 무기폐 소견이 여러 군데 관찰됨.

기관지 주변 간질 비후가 관찰되며 이런 소견은 폐부종이 의심되는 소견임.

탈장된 대망, 비장 주위 그리고 간의 전면에서 기복[30]이 발견되는데 이는 흉강삽관에 의해 생긴 것으로 생각됨. 복수가 간 밑에, 담낭 주위에 그리고 우측 대장 주위에 관찰됨.

추가 판독: 외상 병력을 참고하면, 외상성 횡격막 탈장을 감별진단에 포함해야 한다고 생각함.

판독의: 김○○

---

27) 선천성 횡격막 탈장. 이를 보고한 의사 이름을 따서 보흐달레크 헤르니아(Bochdalek Hernia)라고 함.
28) Atelectasis. 폐포에 공기가 차 있지 않은 상태.
29) Subcutaneous Emphysema. 피부 밑에 공기가 차 있는 상태로 비정상적인 신체 상태이다. 원인은 폐나 기관지 등의 손상으로 인해 공기의 유출이 피하조직으로 나온 경우, 외상이나 시술로 신체 외부의 공기가 피하 조직으로 유입된 경우, 피하 조직에 가스를 형성하는 세균이 증식하는 경우 등이 있다.
30) Pneumoperitoneum. 복부에는 장(腸)을 제외하고 공기가 존재하지 않는다. 만약 장 밖의 복강에 공기가 발견되면 이를 기복이라고 하며 신체의 이상을 의미한다. 기복의 원인은 장 천공 시 장의 공기가 복강으로 빠져 나온 경우, 복강에 가스를 형성하는 세균이 증식하는 경우, 외상으로 인해 복강이 신체 외부와 연결되어 신체 외부의 공기가 복강으로 들어온 경우 등이 있다.

분당 B병원 제2중환자실(2013.06.09. 03:00 ~ 2013.06.09. 10:06)

분당 B병원 제2중환자실 입실 시간인 2013년 6월 9일 새벽 3시경 환아의 의식은 혼미했다. 활력 징후는 혈압 61/34mmHg로 쇼크 상태였고, 맥박 분당 160으로 빈맥이 심했으며, 분당 호흡수는 45회로 빈호흡 상태였다. 분당 B병원의 흉부외과 의사가 03시 00분경 중환자실에 방문하여 환아의 우측 흉강에 삽관했고, 삽관 당시 약 830cc의 오래된 혈액성 액체가 배출되었다고 한다. 당시 중심정맥압은 정상이 3~8mmHg라고 보면 환아는 14mmHg로 체크되었다.

흉부 CT에서 비로소 환아의 좌측 횡격막 탈장을 확인한 B병원 의료진은 환자의 상태가 조금 더 호전되면 흉부외과에서 횡격막 탈장에 대한 응급수술을 시행하기로 계획했다. 정확한 원인을 이제야 찾은 것이다. 하지만 때는 이미 늦었다. 2013년 6월 9일 혈액검사 결과[표 2]를 보면, 혈장 심장효소(Troponin-T, CK-MB, proBNP) 수치들이 모두 상승했고, 혈장의 Creatine Kinase(CK) 수치도 4500U/L로 올라 있다. 특히 pH는 정상이 7.45인데 환아의 pH는 6.9까지 떨어졌다. 내 경험상 pH 7.0 이하 상태에서 회복해 생존하는 환자는 거의 본 적이 없었다.

[표 2] 환아가 사망할 때까지 동맥혈 가스 및 pH 분석 결과

결과 보고 일시	pH	pCO2	pO2	HCO3	tCO2	BE	O2 Sat
2013-06-08 23:43	7.249	29	77.3	12.4	13.3	-13.1	93.6
2013-06-09 04:11	7.26	18.3	114	8	8.6	-16.4	97.7
2013-06-09 06:45	7.226	18.2	222.5	7.4	7.9	-17.4	99.3
2013-06-09 08:41	7.298	16	137.6	7.7	8.2	-15.1	98.6
2013-06-09 09:07	6.985	57.8	35.9	13.5	15.2	-18.5	42.7
2013-06-09 09:09	7.107	22.8	115.1	7	7.7	-20.8	96.8

환아의 의무기록과 영상기록을 통해 당시 상황이 선명하게 머릿속에 그려졌다. 결국 6월 9일 8시 45분경 환아의 맥박이 급속하게 떨어지면서 산소포화도가 감지되지 않았고, 동공이 열리는 등 심폐정지의 징후가 보였다. 분당 B병원 의료진이 심폐소생술을 시작했고, 5분이 지난 시점인 08시 50분경 심폐소생술에 성공해 심폐소생술을 멈춘다. 09시 00분 흉부 엑스레이를 촬영했으며 이는 [그림 11]과 같다.

문제는 이미 위산으로 인한 화상으로 손상된 혈관과 내장이었다. [표 2]의 pH 7.2 이하인 상태가 지속되면 사람이 생존할 수 없다. 결국 09시 20분경 심폐정지로 3차 심폐소생술을 시작했고, 09시 34분경 분당 B병원 중환자실 의료진은 보호자에게 환아의 상태를 설명하게 되었다. 아마 소생하기 어렵다는 절망적인 이야기를 했을 것이다.

5월 27일부터 환아를 올바르게 진단하고 살릴 기회가 여러 번 있었음에도 결국 사망에 이르게 된 것이다. 09시 50분경 보호자는 면회시간

이 아님에도 면회를 해야 했고, 10시 06분경 B병원 의료진은 환아에게 사망 선고를 했다.

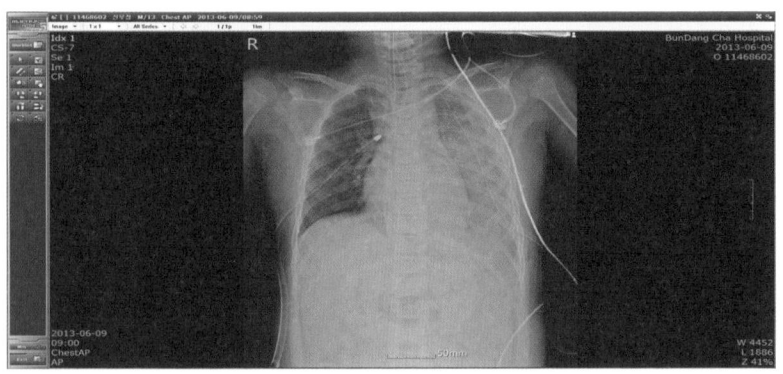

[그림 11] 2013년 6월 9일 환아가 사망하기 1시간 전 촬영한 흉부 엑스레이 사진

우측 흉막 삼출액은 거의 모두 배액되었고 일시적으로 보이던 우측 폐부종의 소견도 상당히 호전되었음. 좌측 기흉과 흉막 삼출액도 거의 사라지고 일부만 남아 있으나 아직 폐 실질이 우측보다 하얗게 보여 폐부종이 있는 상태로 보임. 종격동의 위치도 많이 정상으로 돌아와 있음. 위(胃)에 새로 관이 삽입되어 있고 그 위치는 횡격막 아래로 보임. 이상의 소견들로 환아의 상태는 엑스레이상으로는 많이 호전되었다고 할 수 있음.

당시 감정서를 작성하는 내내 너무 안타깝고 가슴이 아팠던 기억이 아직도 남아 있다. 5월 27일부터 환아가 사망한 6월 9일까지 A병원에서 총 세 명의 의사가 반복적 오진을 했다. 최초 엑스레이가 이상하다는 것만 인지했어도 추가검사가 이루어졌을 것이고 쉽게 횡격막 탈장이 진단되었을 것이며, 수술이 이루어져 환아는 사망하지 않았을 것이다. 환아의 경우와 같이 8세 아동의 횡격막 탈장은 폐 발육이 완성된 후에 발견되므로 수술하면 예후가 아주 좋다.

그러나 이 사건 환아는 이미 횡격막 탈장 진단이 지연되어 위장이 흉부에서 부풀다가 종국에는 파열돼 위산이 흉강으로 쏟아졌고, 쏟아진 위산에 의해 화상이 발생하고 혈액이 산성화되었기 때문에 B병원에 도착했을 때는 이미 가망이 없었다. 의료사고가 발생할 때는 치즈의 법칙이 적용되는데, 이 사건 역시 운이 나빴다 싶을 정도로 관련된 세 의사의 오진이 겹쳐서 사망에 이르는 최악의 결과가 일어난 것이다.

지금까지 살펴본 진료기록 감정서는 작성된 후 재판부에 제출되었고, 나는 바쁜 일상으로 이 사건을 잊고 있었다. 그런데 어느 날 저녁, 횡격막 탈장 아동을 진료했던 의사 세 명이 법정 구속되었다는 소식이 뉴스에 나왔다. 내가 감정한 사건임을 직감하고 확인해 보니 재판부가 내 감정서를 토대로 실형을 구형한 것이었다. 의사들이 법정에서 실형을 받고 집행유예가 되는 경우는 본 적이 있지만, 1심 법정에서 선고 후 바로 구속까지 하는 것은 너무 지나친 판결이 아닌가 싶었다. 무엇이든 다른 이유가 있어서 재판부가 의사 세 명을 법정 구속했다는 생각이 들었고 나의 예상은 맞았지만, 사건은 전혀 새로운 국면을 맞고 있었다.

시스템 개선의 필요성

나는 내게 주어진 일에 책임감이 커서 집요할 정도로 최선을 다하는 성격이다. 이 사건 진료기록 감정서도 최선을 다해서 성심껏 썼을 뿐이었다. 또한 내가 의사이긴 하지만, 의사의 편에 서지도 않고 환자의 편에 서지도 않고 오직 사실만을 가지고 공정하게 판단해야 한다는 것이 내 원칙이다. 그런데 이 사건은 이상한 방향으로 확대되기 시작했다.

의사들이 초기 진단에 실패해 환아가 죽었다고 해도 의사들의 업무상 과실에 실형을 내려서는 안 된다는 것이 대한의사협회의 공식 입장이었다. 아마 많은 사람이 기억할 것이다. 대한의사협회장과 임원들이 삭발하고 광화문에서 시위하는 장면을 말이다. 그 장면은 내가 쓴 감정서로 연출[31]된 것이었다.

나는 어떻게 대응해야 할까 망설여졌다. 나는 의사로서, 학자로서, 양심껏, 소신껏 감정서를 써준 것뿐이다. 재판부는 내 감정서 내용을 토대로 피고인들에게 잘못을 인정하는지 물었지만, 피고인 일부는 죄를 인정하지 않았으며 합의를 하거나 공탁으로 합의를 대신하려고 하지도 않았다. 내가 보기에는 이들의 행동을 괘씸하게 여긴 1심 판사가 집행유예를 선고하지 않고 실형을 선고하여 법정 구속한 것은 아닐까 하는 생각이 들었다. 이례적인 선고에는 분명 다른 이유가 있었다.

피고 중 소아청소년과 전문의의 대리인이 10여 년 전 담도폐쇄증에서 카사이 수술 후 발생하는 재발성 난치성 담도염의 HIVA 치료 항생제 급여 지급 거부 소송에서 나와 함께 행정소송을 진행했던 법무법인 세승의 현두륜 변호사였다. 현 변호사는 심평원에 행정소송을 담당할 당시만 해도 의료 분야에 막 뛰어들어 경험이 적은 변호사였고, 나도 의

---

31) 횡격막 탈장, 변비로 오진한 의사 구속 왜?(헬스포커스, 2018.10.26.)
　　https://www.healthfocus.co.kr/news/articleView.html?idxno=83564

료적인 지식만 있었을 뿐 법률적인 지식이 부족하고 소송 경험이 없어 함께 공부하며 성장하며 내게 인상을 남긴 변호사였다.

어느 정도 시간이 흐른 뒤였기에 현 변호사를 다시 만났을 때 우리는 둘 다 중견이 되어 있었고, 해당 사건을 바라보는 안목도 성장했을 뿐만 아니라 전후 사정과 상황을 분석하는 안목까지 갖추고 있었다. 그래서 이 사건이 단순히 의사 세 명이 실형을 받는 문제로 끝나지 않고, 비정상적으로 이슈가 되고 확대 논의되는 이유에 주목하기 시작했다. 특히 최○○ 당시 의협회장이 자신에 대한 의협 위원들의 탄핵 움직임을 덮으려고 횡격막 탈장 사건에서 법정 구속된 의사의 사건을 이슈화하는 거라며, 나에게 누군가 귀띔을 해준 것이 내가 상황을 판단하고 대처하는 데 도움이 되었다.

당시 대한의사협회장인 최○○은 나와도 개인적으로 아는 사이였다. 그는 횡격막 탈장 사건으로 의사들이 구속된 일을 이슈화하면서, 이런 사례로 의사에게 실형을 구형하고 법정 구속하는 것은 부당하다고 주장하며 강력히 반발했다. 그래서 이 사건은 더 큰 이슈가 되었다.

그는 나와는 달리 고도로 정치적인 사람이었다. '명백한 사실도 고도의 전문가 집단이 힘을 합치면 거짓으로 만들 수 있다'는 것을 그는 알고 있었다. 나는 재판부의 현명한 판단을 기다렸다. 또한 그가 내게 도를 넘는 무례한 행위를 하지 않는 한 무대응으로 일관하기로 했다. 그가 진짜 원하는 것은 나의 강경한 대응으로 이 사건이 더 이슈화되고 사회적인 논란이 되는 것임을 알기 때문이었다. 대한의사협회장은 같은 의사임에도 의사 편에 서지 않고 의사가 구속된 빌미를 제공했다며 나를 비난했다. 그러면서 의협회장 자신이 진정한 의사의 편임을 의사들에게 각인시키고 싶었던 것 같다. 그래서 더 나는 무대응하고 숨죽였다. 그저 그의 행적을 관찰하면서 정치와 세상을 제대로 배우자고 다짐했다.

그 사건으로 그는 의협회장직을 계속 이어갈 수 있었던 것으로 보이고, 사건 당사자들은 일부 실형을 선고받는 것으로 일단락되었다. 이 사건에서 내가 가장 크게 아쉬움을 느낀 것은 대한의사협회나 회장 개인의 정치적인 행보 때문이 아니었다. 우리 사회에서 이 같은 의료사고가 발생했을 때, 의사가 환자에게 미안하다고 진정성 있게 사과할 수 있는 사회적인 시스템이 부재하다는 점을 깨달았기 때문이다. 이번 기회에 의료사고 시 의사가 잘못을 시인하면 처벌 경감 시스템을 마련하자는 쪽으로 의협이 목소리를 높였어야 했다. 하지만 정작 그 역할을 해줘야 할 의협은 본인의 회장직 유지에만 혈안이 되어 사안의 본질을 망각한 채 삭발하고 국회 앞에 있었다.

의사가 사람을 칼질로는 살려도, 정치질로 살릴 수 있는지 되묻고 싶었다. 물론 의사를 살리기 위한 정치질이고 의사의 특권을 보장해 줘야 환자도 살릴 기회가 있다며 받아친다면, 의과대학의 졸업식장에서 낭독하는 히포크라테스 선서를 다시 읽어보라고 말하고 싶다.

이 히포크라테스 선서는 연세대학교 의과대학에서 시작해 지금 모든 의과대학에서 졸업식에 낭독하고 있다.

히포크라테스 선서

이제 의업에 종사할 허락을 받음에

1. 나의 생애를 인류 봉사에 바칠 것을 엄숙히 서약하노라.

2. 나의 은사에 대하여 존경과 감사를 드리겠노라.

3. 나의 양심과 위엄으로써 의술을 베풀겠노라.

4. 나는 환자의 건강과 생명을 첫째로 생각하겠노라.

5. 나는 환자가 알려준 모든 내정의 비밀을 지키겠노라.

6. 나는 의업의 고귀한 전통과 명예를 지키겠노라.

7. 나는 동업자를 형제처럼 여기겠노라.

8. 나는 인종, 종교, 국적, 정당 당파 또는 사회적 지휘 여하를 초월하여 오직 환자에 대한 나의 의무를 지키겠노라.

9. 나는 인간의 생명을 수태된 때로부터 지상의 것으로 존중하겠노라.

10. 나는 비록 위협을 당할지라도 나의 지식을 인도에 어긋나게 쓰지 않겠노라.

이상의 서약을 나는 나의 자유의사로 나의 명예를 받들어 하노라.

누구를 위해 무엇을 위해 의사가 되었는가, 깊이 생각해 볼 필요가 있다. 누구를 위해 무엇을 위해 의사가 되었는가, 깊이 생각해 볼 필요가 있다. 그리고 실수에 대처하는 것은 의사들이 함께 시스템을 만들어가야 한다. 미국의 'Sorry Works'와 같이, 의사가 자신의 잘못에 대해 환자에게 진정성 있는 위로의 말을 전할 수 있는 시스템, 그 사과가 소송

자료나 처벌의 근거로 사용될 수 없도록 하는 제도가 필요하다.

의사가 법적 책임에 대한 부담 없이 환자 측에 자신의 잘못에 대해서 솔직히 사과하고, 보상을 논의할 수 있는 면책 시스템 마련된다면 환자와 의사 모두에게 도움이 될 것이다.

사람은 실수를 할 수 있어서 불행과 불운이 겹치면 의료사고는 누구에게나 일어날 수 있다. 하지만 사고 수습 과정에서 의사는 자신의 책임과 잘못을 인정할 수 없어서 괴롭고, 환자와 그의 가족은 의사의 책임을 묻기 위해서 의료적 지식 없이 비싼 법률 비용을 감당하며 긴 싸움을 시작한다. 이는 결과적으로 손해이고 고통이다.

미국의 'Sorry Works'와 같은 시스템이 우리나라에도 도입되어 환자와 의사 모두에게 도움이 되는 제도가 마련되면 좋겠다.

15

가장 가슴 아픈 치료,
아동학대 사건과 심장이소증 환자

세브란스 소아외과 교수에서 서울고등법원 상임전문심리위원이 된
의학박사 한석주의 조금은 특별한 삶의 기록

15.
가장 가슴 아픈 치료,
아동학대 사건과 심장이소증 환자

환자는 의사를 선택할 수 있지만, 의사는 환자를 선택할 수 없다. 작고 연약하기만 했던 환아가 기운을 차리고 빠르게 회복하여 나에게 빙그레 미소 지었던 그 감동의 순간을 잊지 못해 나는 소아외과의 길을 택했다. 그런 나에게도 유독 힘들고 가슴 아픈 치료가 있다. 덤덤하지 못하고 분노할 때가 있다. 바로 아동학대로 몸과 마음이 만신창이가 되어 들어온 환아들을 보게 될 때이다.

아이들은 타고난 환경을 고칠 수도, 보호자를 바꿀 수도 없는 처지다. 오롯이 자신이 처한 상황을 감내해야만 하는 아이들을 바라보고 있으면 '인간이란 도대체 무엇인가' 하는 고뇌에 깊게 빠질 뿐이다.

2017년 어느 날 사회복지센터에서 한 아이의 상태를 봐줄 수 없겠느냐는 연락이 왔다. 나는 아동학대 의심 환자를 종종 맡곤 했기에, 검찰이나 보호기관을 통해 자료를 전달받는 경우가 있었다. 그날도 마찬가지였다. 나에게 주어진 건 진료기록과 CD에 담긴 영상기록이었다. 이 기록들이 나에게 많은 것을 보여준다. 특히 아동학대 피해자의 기록들은 마치 학대 현장을 직접 보는 것처럼 아이의 처참한 상황이 고스란히 담겨 있다. 학대범이 아이 학대에 사용한 도구, 학대 빈도수까지 말이다. 엑스레이 속 아이의 몸은 머리부터 발끝까지 성한 곳이 없었다. 꽤 잦은 뇌출혈의 흔적, 눈부터 시작된 온몸의 수많은 타박상, 골절의 흔적. 엑스레이는 학대 폭력의 전형적인 모습을 잘 드러내고 있었다. 그런데 수많은 아동학대 사건 사고 환자 사례를 지켜봐 온 나에게도 매우 낯선 지점이 있었다. 유독 한 부분, 아이의 배꼽 아래에서 음낭까지 퉁퉁 부은 상흔은 아무리 봐도 그 원인을 짐작할 수 없었다. 불특정한 여러 형태의 상처들. 어떤 상황에서 어떤 둔기로 아이를 때린 걸까?

아이는 당장에라도 입원해야 하는 위급한 상황이었기에 부모에게 아이를 데리고 당장 내원하도록 했다. 키 110센티미터에 몸무게 20킬로그램인 아이는 왜소했지만, 겉으로는 여느 여섯 살 아이처럼 활달하게 행동했다. 처음 본 나를 보고 잘 웃기도 했다. 의지할 곳 없는 상황에서 사람들에게 좋은 인상을 심어주려는 그만의 생존 본능일 것이다. 아이의 미소는 오히려 내 마음을 더 쓰라리게 했다.

아동학대 아이의 이전 진료기록에는 한 가지 공통점이 있다. 이들은 한 병원을 꾸준히 다니는 것이 아니라 여러 병원을 순회한다. 이유는 하나다. 동일 병원을 정기적으로 다니면 의료진에게 아동학대를 의심받을 수 있기 때문이다. 이들은 주변에서 의심의 눈초리를 감지하면 이내

다른 병원으로 옮기고 또 옮긴다. 이 아이 역시 나에게 오기에 앞서 여섯 군데의 병원에 다닌 기록이 남아 있었다. 무척이나 전형적인 패턴이었다.

'사람은 결국 동물인가?'

동물의 세계에서, 성장 개체가 어린 개체를 보호하는 경우는 어린 개체가 자기 새끼일 때뿐이다. 예를 들어, 새로운 우두머리가 된 수사자가 이전 우두머리 수사자의 새끼를 죽이는 새끼 살해Infanticide 행동은 제한된 자원 속에서 자신의 유전자를 가진 후손을 번성시키려는 냉혹한 자연 선택의 결과다. 자신의 유전적 이익을 극대화하기 위하여 타인의 유전자를 가진 개체에게는 제한된 자원이 할당되지 않게 하는 것이다.

이성적 존재라 여기는 인간 또한 생물학적 관점에서 보면 본능에 충실한 동물에서 자유롭지 않다. 동물행동학에서 흔히 관찰되는 혈연 이타주의Kin Altruism 개념이 의붓자식에 대한 학대로 표현되는 것이다. 아동학대 피해의 상당 부분이 친부모가 아닌 의부·의모나 혈연관계가 없는 양육자에 의해 발생한다는 통계가 이를 시사한다. 나는 아동학대의 주범일지도 모르는 보호자들을 앞에 두고 무너지는 마음을 숨긴 채 평정심을 유지했다.

"아이가 왜 이런 상태가 된 건지는 잘 모르겠는데 바로 입원해야 해요. 응급 상황이에요."

내가 꺼낸 말은 의학적 판단의 최소한도였다. 단 한 장의 엑스레이 필름만으로도 아이의 몸이 겪어온 정황은 이미 머릿속에 그려졌지만 이 아이는 여섯 개 병원을 전전한 끝에 내 앞까지 찾아왔다. 섣불리 이런저런 말을 얹을 수는 없는 일이었다. 의사의 역할은 어디까지나 환자의 상태를 객관적으로 설명하고, 그에 따른 치료 방안을 제시하는 데 있다.

감정은 가슴속에 묻은 채, 나는 목소리에 힘을 주어 손상 부위와 치료 절차를 차분히 설명했다. 하지만 마음속에서는 '부디 아이를 입원시켜 달라'고 그들을 향해 마음속으로 호소할 뿐이었다. 나의 입원 권유에도 불구하고 진료 첫날 엄마는 아이를 데리고 가버렸다. 한동안 아이 상태가 걱정되어 마음이 짓눌리는 것 같았다. 그리고 이틀이 지난 후 친모는 다시 아이를 데리고 나에게 찾아왔다. 친모는 "아이를 꼭 치료해 주고 싶다"라고 말했다. 그 짧은 시간 동안 그녀가 무엇을 알았는지 그리고 무엇을 외면하려 했는지는 눈빛과 동작이 말해 주고 있었다. 동거남의 학대를 이미 감지했음에도, 그간 모른 척해 왔을 가능성도 있었다. 무심한 외면 속에 잠들어 있던 일말의 모성이 깨어난 것일까?

"그동안 이전 병원에서 찍었던 사진, 영상 자료를 모두 다 가져오세요. 전체적인 정보를 알아야 치료에 도움이 됩니다."

나 같은 전문가에게 아이의 의료정보를 건넨다는 것은 학대 증거를 그대로 내놓는 것과 같다. 친모는 그래도 이번만큼은 아이를 제대로 치료받게 하고 싶다는 생각이 강했다.

나는 주치의로서 본격적인 수술과 치료를 시작했다. 수술은 여러 차례에 걸쳐 진행됐다. 안과, 비뇨기과, 외과가 함께 움직였다. 실명한 눈에 염증이 생겨 안구를 적출하고 의안으로 교체해야 했고 상해 버린 고환 제거도 함께 이뤄졌다. 나는 간 파열과 담도관 손상을 정밀하게 수술했다. 아이는 간의 총담관(담즙이 흐르는 관) 부위가 좁아져 있었고, 그 윗부분의 담도(담즙이 지나가는 길)가 넓게 확장되어 있었으며, 간의 일부 부위에 담즙이 고여 있었다. 왜 다른 장기보다 간이 더 많이 파열된 것일까?

우리 장기 중 가장 크고 무거운 것이 바로 간이다. 아이를 벽이나 침대 모서리를 향해 패대기치듯 던지면 아이 몸속 장기들도 함께 움직인다. 아이가 던져져 날아가다가 부딪혀 멈추면, 무거운 간은 관성의 법칙으로 계속 움직이려고 한다. 그러면 간이 매달려 고정된 부위가 찢어지면서 담도관도 같이 찢어진다. 수술하면서 손상 부위를 보니 의붓아버지가 아이를 침대 매트리스에 패대기를 치는 모습이 자꾸 머리에 떠올랐다. 나는 이런 상상을 하면 아이의 고통까지 전해지는 것 같아서 너무 고통스럽다. 특히 이런 간외담도 손상은 상당히 드문 경우로 의붓아버지의 잔인함을 고스란히 느끼며 수술했다.

다행히 수술은 성공적으로 마무리되어 아이는 큰 후유증 없이 빠르게 회복되었다. 아이의 친모와 동거남은 아동학대로 법의 심판을 받았고 동거남의 학대를 방임했던 친모는 친권이 상실됐다. 아이는 길러줄 친척이 나타나지 않아 해바라기센터나 위탁가정에서 지내게 되었다.

나 역시 법정 증인으로 증언해 달라는 부름을 받아 목포까지 내려가서 증언대에 섰고 이들의 심판을 묵묵히 지켜보았다. 동거남은 친모가 일을 나가 있는 동안 아이를 폭행했다. 앞서 내가 엑스레이를 보며 유독 궁금해했던, 배꼽 아래 신체를 때려서 처음 보는 이상한 모양의 손상을 만든 둔기에 대한 증언도 들을 수 있었다. 동거남은 자신이 지은 죄상에 대해 순순히 자백했다. 그는 고무 소재 찜질 팩에 얼음을 가득 넣어 그걸로 아이를 때렸다고 말했다. 나는 기가 막혔다.

꽁꽁 언 얼음은 돌덩이만큼 단단하다. 남자는 고무 팩 속에 얼음을 채운 후 손에 쥐고, 원심력에 탄성까지 더하여 아이를 때린 것이었다. 고무 팩이 아이의 몸을 때렸을 때 고무가 울퉁불퉁 얼음 모양대로 늘어나며 아이의 몸에 감기듯 충격을 가하는 바람에 상처의 모양이 불규칙했던 것이다. 무슨 소설 속 살인마도 아니고…. 얼음으로 만든 무기나 얼음 그 자체로 사람을 죽이고 흔적을 없앤다는 트릭은 고전 추리소설에서 꽤 유명한 클리셰Cliché다. 얼음은 시간이 지나면 녹기 때문에 흔적 없이 사라져 완전범죄를 추구하는 사이코패스의 무기로 등장한다. 법원은 이 잔인한 동거남에게 징역 18년을 선고했다. 아동학대중상해죄의 양형 기준인 13년보다 5년 더 무거운 형량이었다.

얼음으로 된 무기는 녹아 없어지겠지만 아이의 마음속 상처는 아무리 치료에 전념해도 평생 아이 삶 속에 남을 것이다. 아이는 엄마의 동거남으로부터 폭행당할 때 울기는커녕 비명도 지르지 않았다고 한다. 가장 심하게 폭행을 당할 때도 말이다. 혹시 자신이 비명을 질러서 엄마가 자신을 구하러 오면 동거남이 엄마를 때릴 수도 있다는 걱정이 들어서였다고 했다. 재판에서도 "삼촌(동거남)이 많이 때렸다"라고 말하면서도 "엄마한테는 (걱정할까 봐) 맞았다는 말을 못 했다"라고 했다. 엄마도 물론 그렇지만 자식도 본능적으로 엄마를 사랑한다. 그렇기에 아이의 외상보다도 그 마음의 상처가 더 아프게 느껴졌다.

이렇게 2017년 전남 목포에서 일어난 해당 아동학대 사건은 사회적으로도 큰 공분을 일으키고 마무리되었다. 안타까운 것은 아이가 심각한 부상으로 수차례 병원에 드나들었으며 학대 의심 신고도 두 번이나 있었지만, 경찰의 첫 번째 수사 결과는 '학대 혐의 없음'이었다는 점이다. 이후 동거남의 학대가 더욱 심해지고 아이의 목숨이 위태로울 치명적인 부상을 당한 뒤에야 아이는 지옥에서 벗어나 보호받을 수 있었다.

이후 8년이 흘렀다. 나는 퇴임 전까지 1년에 한 번씩 추적관찰 진료를 위해 아이를 만났다. 친모는 형량을 마치고 출옥한 것으로 알고 있으나 사춘기에 접어든 아이는 여전히 보호소에서 지낸다. 다행히 이후 건강에는 큰 이상 없이 잘 자라고 있다. 그나마 내게 위안이 되는 점이 하나 있다면, 어린아이의 신체는 작고 유연해서 치명적인 손상을 입더라도 놀라운 회복 가능성을 지니고 있다는 사실이다. 생물학적으로 성장과 발달이 한창 진행 중인 아이의 몸은 '새것'이다. 반면에 성인은 장기간 축적된 손상과 노화로 어디가 문제의 발단인지조차 파악하기 어려울 때가 많다. 낡은 자동차의 엔진처럼, 한 부위의 고장이 다른 부위의 결함과 얽혀 복합적인 양상을 띤다. 지금 이 아이에게서 걱정되는 부분은 오로지 마음의 상처뿐이다. 어린 시절에는 스스로 인식하지 못했던 결핍과 정서적 손상이 시간의 흐름에 따라 청소년기 이후 대인관계에서 과도한 경계심, 세상을 향한 분노 혹은 만성적인 불안으로 전이될 수 있다. 막 사춘기에 접어든 이 아이가 앞으로 마주할 세상은 친절하지만은 않을 것이다. 아이가 건강한 마음을 길러 그 세상 속에서도 스스로 자신을 지켜낼 수 있기를 바란다.

또한 이 사건을 계기로 나는 여성가족부 아동학대위원회 자문위원에 임명되어 임명장까지 받았지만, 그 이후 관련 회의는 단 한 번도 열리지 않았다. 장관과 임명 사진 한 장 찍는 것으로 내 의지와 상관없이 활동은 마무리되었다. 이렇게 겉치레에 불과한 보여주기 식의 제도적 장치는 아동학대 문제를 근본적으로 해결할 수 없다. 지금도 우리 주변 어딘가에는 학대로 고통의 시간을 보내는 아이들이 분명히 있을 것이다. 이러한 비극이 되풀이되지 않도록, 사회 전체가 아동학대 문제에 꾸준히 관심을 두고 제도적인 장치를 마련하면 좋겠다.

고유정 의붓아들 살해 혐의 무죄를 유죄로, '뒤집기 카드'로 꺼낸 논문 32편

2019년, 대한민국은 한 여성의 잔혹한 범죄로 충격에 빠졌다. 제주에서 전남편을 살해한 뒤 시신을 훼손·유기한 고유정 사건이 그것이다. 사실 나는 법원과의 인연 이후 이런 끔찍한 범죄 사건의 기록을 자주 마주하게 된다. 감정서를 의뢰받는 경우가 많기 때문이다. 하지만 매 순간 사건을 대하는 것이 너무 괴롭다. 특히 죽은 어린아이가 등장하면 마치 내가 살리지 못한 것 같아서 가슴이 아프다.

이날 평소 알고 지내던 검사에게서 연락이 왔다. 종종 나에게 사건기록을 보내고 감정서를 의뢰하던 검사였는데, 이번에는 감정서 의뢰뿐 아니라 증인으로 출석해 달라는 부탁까지 해왔다. 게다가 장소가 제주도였다. 우선 감정서부터 써보겠다는 뜻을 전하고 자료를 건네받아 검토한 뒤 사건 정황에 대한 검사의 설명을 들었다. 검사의 말은 '의붓아들 살해 혐의'에 대해 고유정이 무죄를 받았는데, 다른 사건 정황상 의붓아들도 고유정이 살해했을 가능성이 크다는 것이었다. 그간 수면제를 사용하고, 현장과 증거 인멸을 치밀하게 해왔기에 고유정의 유죄를 입증하는 일도 쉽지 않아 보였다.

나는 자료를 검토해 감정서를 작성하고 증인 참석도 수락했다. 갑자기 2007년이 떠올랐다. 제주도에서 항문직장기형으로 태어난 700그램 미숙아의 소식을 듣게 되었고, 상태를 보고 임시 항문을 만들어 주기 위해 간단한 수술 도구만 챙겨 제주로 향했다. 이후 119 헬기로 아기를 서울로 이송하여 제대로 된 항문을 만들어 주었다. 당시 병원으로 취재 요청이 왔는데, 인큐베이터에 있는 아기 환자를 제주에서 헬기로 이송한 국내 최초의 사례라며 인터뷰를 요청해서 응했던 기억이 났다. 오랜만에 그 기사를 찾아보았다.[32] 우연인지 운명인지 당시 기사에서 나는 이렇게 말하고 있었다. "아무리 힘든 상황이라도 길을 찾으려고 노력하면 길이 있는 법"이라며 "모르고 지나갔을 수도 있을 한 생명을 살리게 돼 보람이 있다"라고 말이다.

---

32) https://www.khan.co.kr/article/200704051824061

자료를 찾아보면서 고유정이라는 살인마가 얼마나 치밀한지 알 수 있었다. 오죽 증거가 없으면 재판부가 이 사건을 무죄로 판결했을까 싶었지만 "아무리 힘든 상황이라도 길을 찾으려고 노력하면 길이 있는 법"이라는 말이 떠올랐다. 그리고 죽은 아이를 위해서라도 정확히 진실을 밝혀야겠다고 생각했다.

나는 한 아이를 지켜주지 못한 어른으로서의 미안함에 책임감이 더해져 이 사건을 깊이 파헤치기 시작했다. 검사가 보내준 고유정 사건의 기록을 꼼꼼히 살펴보았다. 우선 나는 5세 아동이 체구가 작은 아빠 홍모 씨(38)의 몸에 '우연히 눌려' 숨졌을 가능성이 매우 희박하다는 점에 주목했다. 피해 아동이 감기약 성분(클로르페니라민)을 복용했다고는 해도, 그 성분은 그저 졸린 정도로 쉽게 잠이 들도록 유도하는 물질이기에 깊은 수면 단계로 유도할 수 없다.[33] 논문에서 유사 사례를 찾았다. 영아급성사망증후군 사례를 보고한 논문 32개를 찾았고, 만 1세 미만 영아에게서 발생하기 때문에 5세 아동이 수면 중 급성으로 사망할 가능성이 희박하다는 논거로 감정서를 완성했다.

아이 아버지의 체구가 크지 않아서 한 손으로 아이의 목을 누르고 온몸을 공중으로 띄워 체중을 몰아 압박해야 사망할 수 있다는 의견도 첨부했다. 이렇게 감정서를 제출하고 증인으로 서기 위해 제주도로 날아갔다. 나 외에도 다른 증인들이 고유정의 유죄를 밝히기 위해 나섰다.

---

33) https://www.mediajeju.com/news/articleView.html?idxno=323486

고유정의 변호인 측은 숨진 홍 군의 체격이 만 3세에 가깝다는 추정을 근거로 우리 증언에 정면으로 맞섰다. 결과적으로 법원 무죄 추정의 벽이 높아서 고유정은 의붓아들 살해 혐의에서는 최종 무죄를 받았다.[34] 하지만 이날 증인으로 출석한 전문가들의 주장을 들으며 나는 증거를 수집하고 입증하는 데 보다 창의적으로 접근할 수 있다는 큰 인사이트를 얻을 수 있었다. 이후에도 많은 검찰의 감정서 작성 의뢰를 받으면서 그 영향으로 지금 고등법원에서 감정 과정을 관리하는 일을 하게 된 것 같다.

심장이소증 인니 환아의 심장을 제자리로 돌리다[35]

선천성 기형 환아의 수술을 많이 했지만, 기형은 대체로 어릴 때 수술할수록 예후가 좋다. 성장이 활발할수록 회복도 빠르고 뼈와 내장기관도 같이 성장하면서 수술 부위가 자연스럽게 인체에 동화되어 제 기능을 하는 유연성이 작동한다. 하지만 상대적으로 의료 시스템이 발달하지 못한 나라에서 조기에 환아를 수술하고 돌보는 것은 불가능하다. 따라서 이런 경우 대부분 아이는 조기에 사망한다. 그런데 2023년 내가 만나게 된 인도네시아 소년 미카엘Mikhael Josepine Haresananda 군(7세)은 심장을 몸 바깥에 달고 태어나 일곱 살이 될 때까지 생존해 있었다.

---

34) https://www.joongang.co.kr/article/23912695
35) https://www.sportsseoul.com/news/read/1340300

미카엘은 100만 명 중 5명꼴로 발병(발병률 0.0005%)한다는 심장이소증Ectopia Cordis을 갖고 태어났다. 심장이소증은 심장이 몸 바깥으로 튀어나와 있는 원인 불명의 희소 질환이다. 심장이소증을 앓는 신생아의 90% 이상은 사망한 채 태어난다. 또한 태어났더라도 사흘을 넘기지 못한다. 인도네시아 의료진이 전망했던 미카엘의 예상 수명은 2년이었다고 한다. 그런데 일곱 살까지 살아 있다는 것 자체가 기적이었다.

인도네시아 현지 목사와 한국인 선교사는 미카엘을 돕기 위해 다른 국가들에 여러 차례 도움을 청했지만, 미카엘의 상태가 매우 심각했기에 치료나 수술이 어렵다는 답변을 받았다고 한다. 그도 그럴 것이, 심장이나 뇌는 수술 중 사망할 확률이 매우 높다. 그러던 중 사단법인 글로벌사랑나눔을 통해 세브란스병원 사회사업팀에 미카엘의 사연이 전해졌다. 우리 병원에서는 미카엘을 의료 소외국 환자 초청 치료 프로그램 '글로벌 세브란스, 글로벌 채리티' 대상자로 선정했다.

미카엘 입원 직후 우리는 심도자술, 뇌 MRI 등 추가검사를 진행했는데 미카엘의 상태는 예상보다 심각했다. 심장이 멀리서도 보일 만큼 큰 혹처럼 몸 밖으로 나와 있어서 몸 안으로 집어넣는 게 관건이라고 생각했는데, 검사 결과 더 큰 문제는 심장 자체가 기형이라는 점이었다.

두 개가 있어야 할 심실이 하나밖에 없는 '기능성 단심실'이었다. 폐로 혈류를 보내는 폐동맥이 없고, 네 개여야 할 심장 판막도 하나밖에 없어서 혈액이 역류하고 있었다. 전신과 폐를 순환한 혈액이 하나의 심실로 유입돼 심장에 무리가 가고 있는 상태였다.

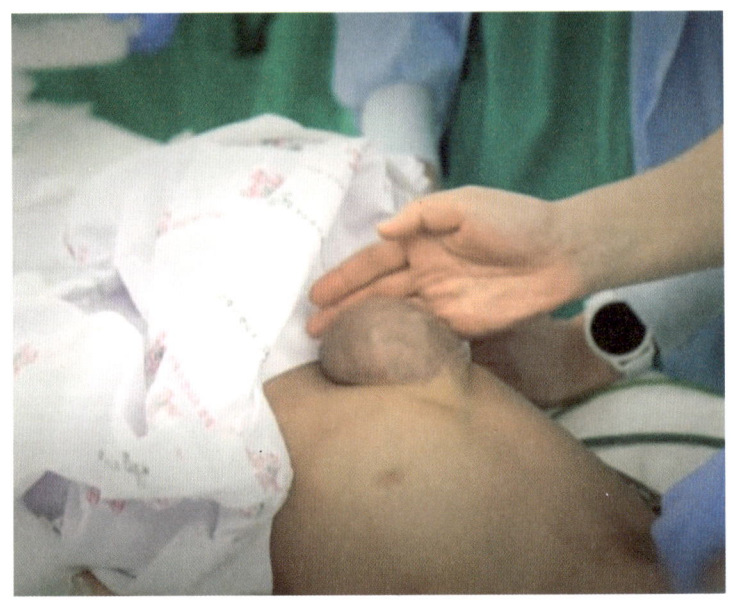

미카엘의 심장

　정맥혈과 동맥혈이 심장 내에서 섞이면서 만성 저산소증을 겪고 있었는데 일곱 살까지 성장했다는 것은 기적이었다. 하지만 더 성장하면 심장은 물론 뇌 등 타 장기의 기능 저하까지 우려되는 상황이었다.

　나와 신유림 교수는 심장을 체내로 넣기 위해 우선 가슴과 복부를 구분하는 근육인 횡격막을 인공 재료를 사용해 새로 만들었다. 심장이 들어갈 만한 공간이 가슴에는 충분치 않아 복부를 이용하기로 했다. 이에 더해 단심실 내에서 혈액이 잘 섞일 수 있도록 하는 심방중격 절제술, 판막 역류를 막는 판막 성형술까지 동시에 진행했다. 모든 수술을 마치고 나서는 수술 부위를 인공 재료로만 덮어놓고 경과를 지켜봤다. 당장

봉합해 버리면 부어 있던 심장이 체내로 들어가면서 압력이 가해지는 등 무리가 갈 수 있기 때문이다. 이틀 후 심장 부기가 빠지면서 봉합까지 마무리할 수 있었다.

미카엘은 친구들과 뛰어놀 수 있을 정도로 회복되었다. 희소 질환을 앓는 환자가 세계 곳곳에 많이 있지만, 미카엘처럼 수술을 받을 수 있는 경우는 드물다. 미카엘의 수술은 최대 2년밖에 살지 못한다는 절망적인 말을 듣고도 희망을 놓지 않은 그의 엄마와 미카엘 본인 그리고 의료진이 수술 방법을 함께 고민해서 성공할 수 있었던 사례로 전 세계 환자들에게 희망을 줄 수 있어 더 의미 있는 수술이었다.

하지만 어느 날, 미카엘의 엄마로부터 연락이 왔다. 미카엘이 며칠간 아프다가 결국 하늘의 별이 되었다고 말했다. 나는 애도하며 미안해했는데, 미카엘 엄마가 내게 고마웠다며 수술을 받고 정상적인 모습으로 하늘나라로 가게 되어 다행이라고 말해 주어 무거운 마음을 추스를 수 있었다. 미카엘이 하늘나라에서 환하게 웃으며 친구들과 뛰어노는 모습을 상상하면서 아이의 명복을 빌어본다.

16

소아외과 교수가
성인 비만 수술을 해야 하는 현실

세브란스 소아외과 교수에서 서울고등법원 상임전문심리위원이 된
의학박사 한석주의 조금은 특별한 삶의 기록

16.
소아외과 교수가
성인 비만 수술을 해야 하는 현실

내가 제자들에게 늘 강조하는 말이 있다. 만약 네가 세브란스병원 같은 큰 병원에서 교수로 남지 못할 것 같으면 소아외과 말고도 '제2의 특기'를 만들어야 한다는 것이다. 왜일까? 현실적으로 소아외과 전공 하나만으로 평범한 종합병원에서 일하는 것은 꽤나 버티기 어렵기 때문이다. 종종 드라마에서 행정책임자가 회의 시간에 각 과 교수들을 앉혀 놓고 이 부서가 적자니 흑자니 따져대는 장면이 나온다. 조금 과장된 부분도 있지만, 현실에서도 충분히 있을 법한 일이다.

외과는 수술이 길게는 12시간 넘게 진행되는 경우가 왕왕 있다. 한 수술방에 적게는 열 명, 많게는 스무 명까지 참여한다. 환자 한 명에게 전문의, 보조의, 마취의, 스크럽 간호사, 수술 순환 간호사, 마취 간호사 등 많은 인력이 붙어 수술이 진행된다. 그 인건비만 따져도 어마어마해 하루 종일 수술을 하고도 경제적으로는 마이너스가 되는 경우가 흔하다. 특히 소아외과의 경우 수가 산정 방식의 문제로 큰 수술은 대체로 항시

적자인데, 평균 환자 전체 진료비에서 10% 정도 적자가 난다. 나는 평균 −2%에서 −5%의 적자를 유지해 왔기에 꽤나 적자 성적이 양호한 편이었다. 그러나 수술 후에 중증 환아의 입원 기간이 길어지면 적자도 함께 커졌다. 요즘처럼 신생아 숫자도 줄어드는 상황에서 소아외과 전문의로 살아남기 위해서 나는 제자들에게 제2의 주특기를 만들라고 권하고 있다. 강남 세브란스병원 소아외과 안수민 교수는 비만 수술이 제2의 특기다. 요즘은 소아외과 수술보다 비만 수술을 더 많이 하고 있다고 한다. 그 실력을 인정받아 비만학회 회장도 맡고 있다.

원주 세브란스병원 소아외과를 책임지고 있는 한애리 교수는 유방외과를 병행하고 있다. 출생률이 떨어지는 상황에서 감사하게도 제2의 특기 덕에 소아외과 수술도 꾸준히 병행할 수 있다고 한다. 소아외과는 수술 과정도 어렵고 준비 과정에서 의사가 들이는 수고에 비하면 보험 수가도 낮은 데다 병원 적자의 압박도 견뎌야 하는 자리가 되었다. 하지만 의사 개인의 신념과 소아외과 환아들에 대한 책임감 때문에 애착을 갖고 운영해 나가는 대학병원 교수들이 있다는 것은 정말 다행이다.

소아외과는 뇌와 심장만 빼고 소아 전신에 관련된 외과 질환을 모두 다룬다. 게다가 소아는 성인의 축소판이 아니다. 성장 단계에 따라 장기의 모양과 크기가 다르다 보니 회복력이 성인과 본질적으로 다르고, 수술 기법도 환자에 따라 의사의 경험을 토대로 결정해야 한다. 이 과정에서 의사는 성장해도 병원의 적자가 커지니, 국내 대형 상급종합병원 네 곳을 제외하면 소아외과에서 발생하는 재정적 손실을 다른 수익 사업에서 메우기는 쉽지 않다.

젊은 의사들이 학문적으로는 소아외과를 동경해도 현실적인 문제에 부딪혀 다른 전공을 택하다 보니 소아외과는 이제 전공의들이 기피하는 과가 되고 말았다. 현재 소아외과를 전문으로 표방하는 선생님들은 전국적으로 극히 소수에 불과하다. 서울 주요 상급종합병원을 제외하고 지방 대학병원당 소아외과 전문의는 단 한 명에 불과한 곳이 대부분이다. 즉 이들은 365일 24시간 '온콜On Call' 상태에 놓인다.

열정과 사명감만 가지고 소아외과를 이끌어 나갈 수는 없는 상황이다. 그래서 소아외과 교수를 꿈꿨다가 포기하는 이들을 수없이 봐왔다. 최소한의 보상 체계와 합리적인 의료수가제도가 마련되지 않는 한, 현재의 시스템은 필연적으로 소아외과 인력의 소멸을 가속화할 것이 분명하다. 외과 전공 자체가 힘든 환경 속에서 소아외과는 그보다 한층 더 열악한 조건에 놓여 있는 셈이다.

"신생아 수술 분야에 대한 수가를 최대 1,000%까지 인상하겠다."

최근 보건복지부가 소아 의료 관련 대책으로 내놓은 수가 제도이다. 문장만 보자면 매우 놀라운 일이다. 그러나 거기에는 조건이 하나 붙었다. 1.5킬로그램 미만 신생아의 경우다. 수술이 가능한 1.5킬로그램 미만의 미숙아들이 전국으로 따지면 몇 명이나 있을까? 실제 미숙아로 태어난 아기들도 수술을 견딜 수 있게 먹이고 키워서 몸무게가 늘어난 후 수술을 하게 된다. 이렇다 보니 실제 수가 인상의 대상이 되는 신생아 수술은 손에 꼽는 정도가 될 것이다. 기사 제목에 비해 실효성 없는 생색내기용 법안이 될 가능성이 크다.

16. 소아외과 교수가 성인 비만 수술을 해야 하는 현실

나는 이 공평하지 못한 의료수가제도 개선이 가장 시급하다고 생각한다. 관련 공청회에 참석하고 또 정식으로 공문을 보내기도 했는데 큰 소용이 없었다. 출생률 감소 지원만큼 중요한 것이 태어난 아이들을 위한 의료 지원 제도가 아닐까? 물론 보람도 있다. 소아외과 수술은 '새로운 장기'를 대하는 일이다. 이른바 '새것'이다 보니 수술 후에도 신비로울 만큼 놀라운 회복력을 보인다. 소아 시기는 성장하고 탄력성을 갖춘 시기로, 외과 의사들이 수술만 잘 해놓으면 새로 구성한 조직도 잘 작동한다. 그래서 담도 또는 식도가 없거나 항문 없이 태어난 신생아들도 소아외과 수술을 통해 정상적으로 성장할 기회를 얻는다.

항문 없이 작고 약하게 태어난 450그램 신생아에게 항문 복원술을 시행하고 신생아집중치료실에서 케어하다 보면, 몇 개월 후에는 잘 자라서 3킬로그램으로 오동통하게 살이 올라 부모 품에 안겨 집으로 돌아간다. 그 모습을 보며 생명의 경이로움과 의사로서의 보람을 함께 느끼는 것은 소아외과 전문의이기에 누리는 축복일 것이다. 그래서 나는 후학들에게 소아외과 전문의로 살아남기 위해서 유방외과나 비만 수술 등 제2의 특기를 잘 만들어놓으라고 충고하는 것이다. 그것만이 소아외과를 보존하는 현실적인 전략임은 틀림없는 듯하다.

17

사진과 의미 있는 기억

세브란스 소아외과 교수에서 서울고등법원 상임전문심리위원이 된
의학박사 한석주의 조금은 특별한 삶의 기록

17.
사진과 의미 있는 기억

1960년에 태어난 나는 매우 어린 시절의 기억도 가지고 있다. 내가 어린 시절 기억이라고 말해도 사람들이 도통 믿지 않는데, 예를 들면 연년생 동생이 태어나서 어머니 젖을 빼앗겼을 때 분했던 기억이 고스란히 남아 있는 것이다. '저놈이 어머니 젖을 뺏어서 먹네? 저거 내 건데' 하는 속상했던 감정까지 머릿속에 생생하게 존재한다. 어머니 말씀에 따르면, 나는 당시 젖을 빼앗긴 후 얼굴이 파래질 때까지 턱을 떨면서 울어댔다고 한다. 원하는 것을 줘야지만 조용해지는 무척 고집스러운 아기였다고 하셨다.

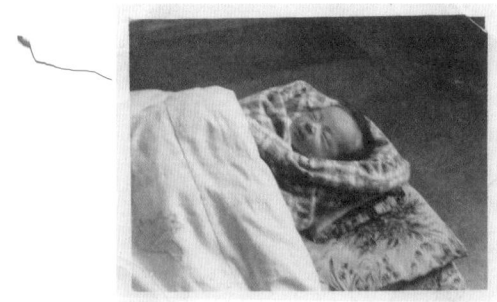

신생아 시절

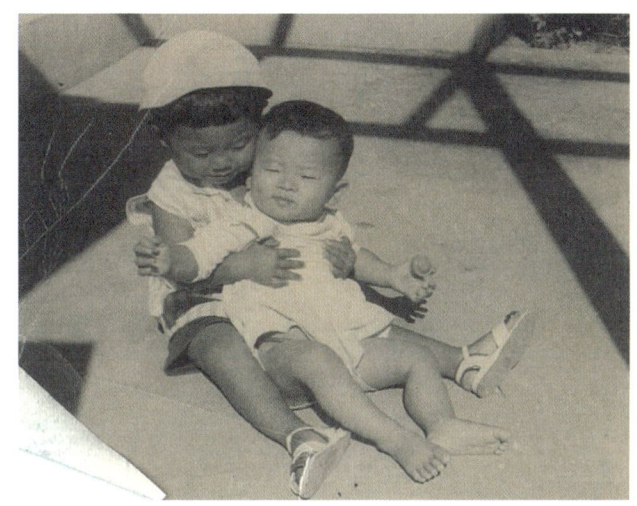

동생과 함께

삼 남매를 사랑으로 키워내신 우리 어머니

세발자전거 대회(1963년)

만 3세 2개월이던 1963년 5월 19일, 창경원에서 열린 세발자전거 대회에 참가했다. 이는 5·16군사정변 3주년을 맞아 창경궁(당시에는 창경원)에서 열린 어린이 자전거 경기 대회였다. 어머니는 참가 신청을 마치시고 경기에 출전하는 나를 매우 정성스럽게 차려 입히셨다. 화가들이 쓰는 베레모를 씌우고, 나비넥타이를 매주고, 양복과 반바지를 입히고 스타킹과 구두까지 신겨주셨다. 현재 남아 있는 동아일보 신문 기사를 보니 1963년 5월 4일 대회 참가자 모집 기사가 나갔고, 신청 마감이 5월 10일이었다고 나온다. 어머니는 단 6일 만에 모든 서류를 준비해 나를 출전시킨 것이다. 나의 목표 지향적인 성향은 어머니를 닮았다.

세발자전거 대회에 참가한 날

세발자전거 대회에서 1등으로 들어오고도 2등상을 받았던 날

경기 당일은 해가 청명한 봄날이었다. 광장 끝, 창경원 기와 회랑이 멀리 보이는 출발선에서 울린 총성과 함께 나는 자전거로 돌진하기 시작했다. 세발자전거로 한참을 열심히 달리다 보니 내 앞에 아무도 없었는데, 어떤 모자 쓴 아저씨가 "너 빨리 돌아가"라고 말씀하셨다. 바로 뒤돌아서 다시 직진, 1등으로 골인 지점에 도착했지만, 나는 결과적으로 정해진 반환점을 돌지 않았다는 규칙 위반으로 2등상을 받았다. 이 사건은 내 인생에 매우 선명한 기억으로 남아 있다.

나의 큰아들도 자전거와 함께 성장했다.

창경원 자전거 대회를 통해 어린 시절이었지만 정해진 규칙(원칙)을 지키는 것이 얼마나 중요한가를 깨달은 후, 나는 자전거와 함께 성장했다. 어머니는 나를 좋은 학교에 보내기 위해 노력하셨고 사립학교인 리라국민학교에 지원했으나 추첨에서 떨어져 장충국민학교에 다니게 되었다. 중학교 입학 입시가 존재하던 시기, 장충국민학교는 3부제로 운영될 만큼 학생이 몰려드는 명문이었다. 박근혜, 정몽준 등 유력가 자제들도 많이 다녔다. 몇 학년 때인지 기억하진 못하지만, 우리 반 학급 학생 수는 82명이었고 내 번호는 78번이었다. 기억에 의하면 담임선생님께서 글솜씨가 뛰어나니 문학을 해보라고 권하신 적이 있다. 당시 내가 쓴 소풍이라는 글이 올해 돌아가신 어머니의 소지품 속에 남아 있었다.

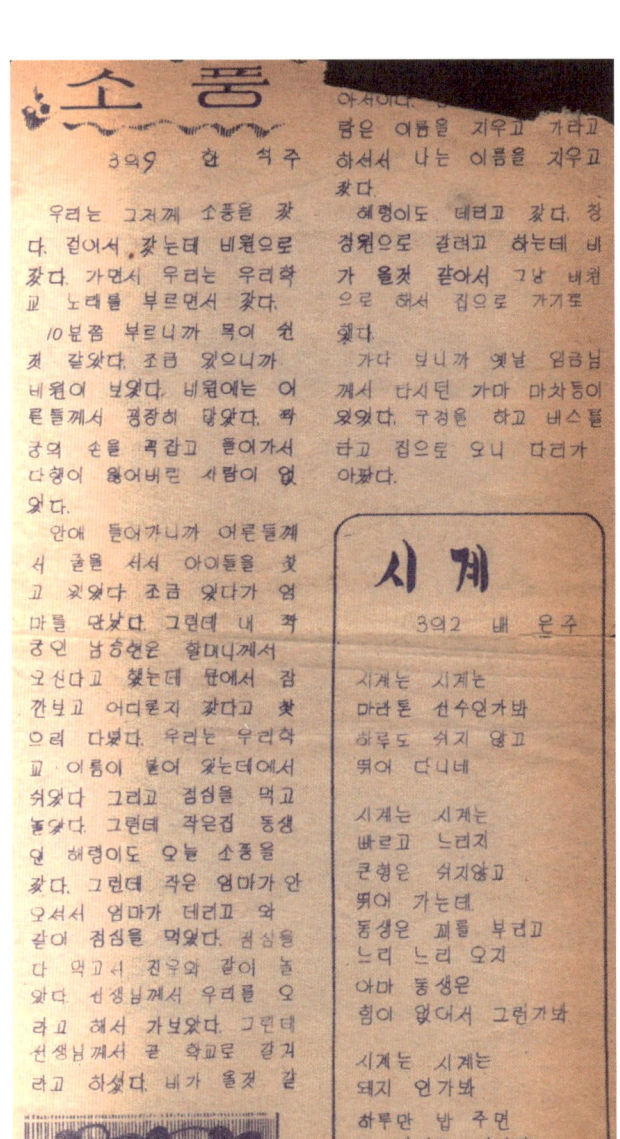

소 풍

3의9 한 석주

우리는 그저께 소풍을 갔다. 걸어서 갔는데 비원으로 갔다. 가면서 우리는 우리학교 노래를 부르면서 갔다.

10분쯤 부르니까 목이 쉰 것 같았다. 조금 있으니까 비원이 보였다. 비원에는 어른들께서 굉장히 많았다. 작은궁역 손을 꼭잡고 들어가서 다행이 잃어버린 사람이 없었다.

안에 들어가니까 어른들께서 줄을 서서 아이들을 찾고 있었다. 조금 있다가 엄마를 만났다. 그런데 내 작은궁인 남승현은 할머니께서 오신다고 찾는데 문에서 잠깐보고 어디든지 갔다고 찾으러 다녔다. 우리는 우리학교 이름이 붙어 있는데에서 쉬었다. 그리고 점심을 먹고 놀았다. 그런데 작은집 동생인 혜령이도 오늘 소풍을 갔다. 그런데 작은 엄마가 안오셔서 엄마가 데리고 와 같이 점심을 먹었다. 점심을 다 먹고서 진우와 같이 놀았다. 선생님께서 우리를 오라고 해서 가보았다. 그런데 선생님께서 곧 학교로 가려고 하셨다. 비가 올것 같아서 이름을 지우고 가라고 하셔서 나는 이름을 지우고 갔다.

혜령이도 데리고 갔다. 창경원으로 갈려고 하는데 비가 올것 같아서 그냥 비원으로 해서 집으로 가기로 했다.

가다 보니까 옛날 임금님께서 타시던 가마 마차등이 있었다. 구경을 하고 버스를 타고 집으로 오니 다리가 아팠다.

시 계

3의2 배 은주

시계는 시계는
마라톤 선수인가봐
하루도 쉬지 않고
뛰어 다니네

시계는 시계는
빠르고 느리지
큰형은 쉬지않고
뛰어 가는데
동생은 꾀를 부리고
느리 느리 오지
아마 동생은
힘이 없어서 그런가봐

시계는 시계는
돼지 인가봐
하루만 밥 주면
또 달라고 안가지

장충국민학교 3학년 9반 한석주의 글

이후 나는 동북중학교를 다녔고 졸업 후 오산고등학교에 입학했다. 오산고등학교는 본래 1907년 평안북도 정주에 민족자본으로 설립되었던 역사 깊은 학교이다. 이광수, 조만식, 황순원, 이중섭 등 많은 유명 인사들을 배출하고 교사로 근무하게도 한 명문이었지만, 내가 입학할 때는 학교 분위기가 좋지 않았다. 1979년 대학교 1학년이던 시절은 휴교령이 떨어지고 학교 앞에 탱크까지 와 있는 혼란스러운 시대였다.

지금도 보고 싶은 반려견들

인턴 시절 10년을 넘게 키우던 백구 진돗개 믹스견을 노환으로 안락사한 후에 나는 펫로스 증후군Pet Loss Syndrome으로 한참을 고생했다. 극복을 위해 강아지를 사러 지금은 없어진 대한극장 부근 퇴계로에 나갔는데 처음에 주인이 추천한 세인트버나드 강아지 가격은 60만 원이었다. 인턴 월급이 30만 원도 안 되던 시절이라 부담이 되어서 잠시 망설이는데, 그 옆에 한쪽 눈에만 검은 점이 있는 세인트버나드 강아지 한 마리가 더 있었다. 곰 새끼 같던 그 녀석이 나를 물끄러미 쳐다봐서인지 나도 묘하게 시선이 계속 이어졌다.

주인이 이 아이는 한쪽 눈에만 점이 있으니 30만 원에 주겠다고 흥정을 시작했다. 나는 한 달 월급이 넘는 돈을 지불하고도 신나서 그 녀석을 안고 나왔다. 사실 나는 한쪽 눈에만 점이 있는 그 녀석이 더 좋았다. 그 녀석은 자라면서 덩치가 부담스러울 만큼 커졌다. 내가 군의학교에 입대하고 아내가 첫아이를 임신했을 때, 밥을 주면 좋다고 임신한 아내에게 올라타는 바람에 아버님께서 그냥 두면 안 되겠다며 장소를 물색하다 대관령 양떼목장으로 보내버렸다. 녀석의 크기나 생김새를 보면 대관령 양떼목장이 더 어울리기는 하지만, 휴가 나와서 처음 그 소식을 들었을 때 얼마나 서운했는지 아직도 그 감정이 남아 있다. 이후 코커스패니얼을 키우기도 했고, 병원에서 퇴근하는 내 차 앞을 막고 선 새끼고양이를 데려다 키우기도 했다.

나와 함께해 준 고마운 반려견들

100킬로그램까지 나갔던 시절

내가 외과의로서 가장 많은 수술을 했던 최고 전성기에는 내 몸무게도 최고였다. 외과 의사 특성상 수술 시간에 좌우되는 불규칙한 식사와 수면 부족으로 체중이 100킬로그램 가까이까지 불어났던 것이다. 당뇨 진단을 받아 체중 감량이 시급했다. 운동을 시작하려 하자 대다수가 골프를 추천했지만, 골프장에서 벼락 맞아 병원에 실려 왔던 여자 환자에 대한 기억 때문인가? 골프가 끌리지 않았다. 나에게 맞는 스포츠가 무엇일지 고민하다가 퇴근길 도로에서 자전거 동호회 사람들의 모습을 보게 되었고, 멋진 자전거 한 대가 눈에 들어왔다. '바로 저거다!'

그길로 자전거 판매장에 갔다가 기어가 멋지게 장착돼 있어 더 마음에 드는 자전거 한 대를 발견했다. 내가 고른 자전거는 산악자전거MTB; Mountain Bicycle였고, 내심 우리 병원 본관이 가파른 오르막이니 내가 쓰기에 매우 적합하다고 판단하고 구매했다. 그렇게 다시 자전거를 타기 시작했다. 나는 어린 시절로 돌아간 것처럼 자전거를 타는 게 즐겁고 신이 났다. 처음에는 잠깐씩 병원 근처에서 자전거를 탔는데, 급한 연락이 오면 빠르게 병원으로 복귀할 수 있다는 점도 자전거의 장점이었다.

소아외과 인원이 충원되고 소아외과 과장이 되면서 응급수술의 압박에서 어느 정도 벗어날 수 있게 되자, 자전거로 미시령 고개를 넘어 속초까지 두 번이나 가고 전국 일주도 세 번이나 했다. 학회 참석차 미국에 갔을 때는 발표를 마치고 캠핑카를 빌려 로키산맥까지 가서 산악자전거를 타고 돌아다녔다. 산속에서 회색곰이 먹다가 버린 사슴 다리가 떨어져 있는 것을 보고 나서야 생명의 위협을 느껴 하산한 일도 있었다.

로키산맥에서 산악자전거를 타는 본인의 모습

국제적 활동, 독일 학생들과의 교류

소아외과 분야에서 나름대로 열심히 국제적으로 활동하며 교류했다. 알베르토 페냐Alberto Peña 교수님은 내가 진정으로 존경하는 세계적인 소아외과 교수이다. 멕시코 출신인 그는 자신의 첫째 아이를 담도폐쇄로 잃은 경험 때문에 소아외과 교수가 되었다. 이후 그는 죽은 자신의 아이 대신 수많은 아이들을 수술로 살려냈다. 나는 당시 그의 열정에 감탄하며 페냐 교수님이 계신 학교로 연수를 갈까 고민했지만, 당시 그의 관심 분야가 쇄항(항문막힘증) 수술이라 나에게는 진부하게 느껴졌다.

그러다 찾은 것이 태아 수술이었다. 엄마 뱃속에 있는 아기에게 문제가 있다면 태어나기 전에 해당 부분을 수술한 후, 뱃속에서 더 자라다가 태어나면 예후도 좋지 않을까 하는 생각을 가지고 있었다. 그래서 미국 샌프란시스코 대학의 태아 수술 권위자인 마이클 해리슨Michael Harrison

에게 연락을 취하여 태아 수술을 위해 미국으로 연수를 떠났다.

나는 마이클 해리슨이 주도하는 양의 자궁을 열고 양의 태아를 수술한 후 다시 자궁에 넣어 임신을 유지시키는 실험적 수술에 참여했다. 양의 태아 수술은 성공했고 임신이 유지되다가 정상적으로 분만도 했다. 하지만 양의 태아 수술 결과가 인간에게도 그대로 적용되는 것은 아니었다. 사람의 경우 태아 상태에서 수술을 할 경우 조기 분만 문제가 발생했다. 조기 분만이란 출산일이 되기 전에 양수가 터지거나 자궁이 갑자기 수축해 진통이 오면서 아기가 미숙아로 태어나게 되는 것이다. 이렇게 조기 분만이 발생하는 이유는 태아 수술을 할 때 태반에 생기는 상처가 원인으로 추정되었다. 이러한 조기 분만 문제는 태아 수술이 실용화되지 못하는 이유가 되었다.

나는 그럼에도 마이클 해리슨이 계속 태아 수술을 연구하리라 여겼다. 그가 자신의 연구 업적을 쌓아둔 분야이고, 언젠가는 원인을 찾아 조산 문제를 해결하리라 생각했다. 그런데 얼마 뒤 놀라운 일이 벌어졌다. '태아 수술은 조기 분만 때문에 인간에게 이점이 없다'라는 것을 마이클 해리슨 스스로 연구 데이터로 증명하고는 인간의 태아 수술을 중단하겠다고 선언한 것이다. 나는 그의 진정성과 용기에 놀랐다. 그간 쌓아 올린 자신의 업적과 전문 분야로 얻은 기득권을 포기하고 환자의 이익을 우선시한 선택이었다. 지금 생각해도 해리슨의 결단은 참 용기 있고 멋졌다. 내가 그 팀에서 함께 연구하고 양의 태아 수술을 했음을 자랑스럽게 생각하며 홀가분한 마음으로 조기에 귀국할 수 있었다.

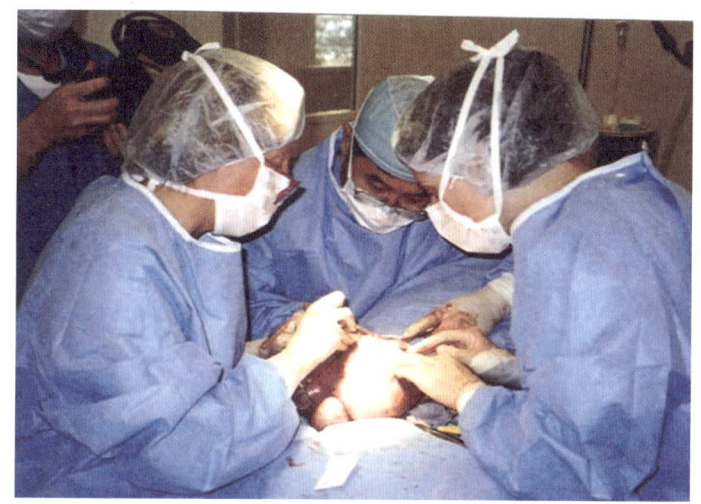

양의 태아 수술 사진

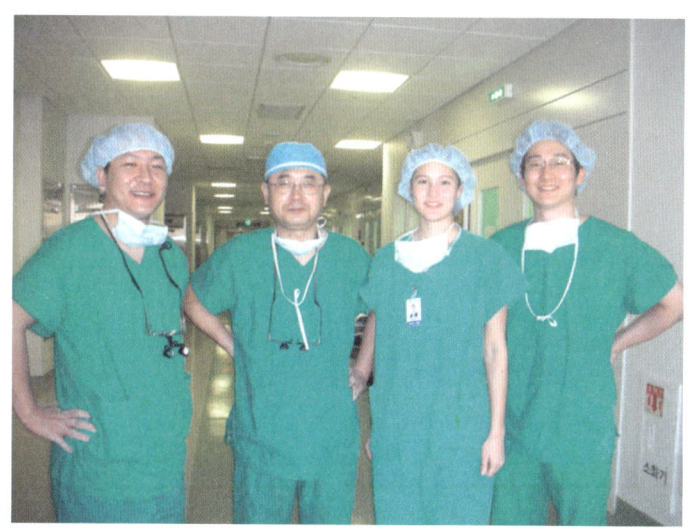

해외에서 온 의과대학생들

나는 사람 이름과 얼굴을 기억하는 것이 어렵다. 그래서 명함을 받으면 책상에 붙여놓고 이름이 외워지면 떼는 방식으로 극복해 왔다. 독일에서 우리 병원으로 많은 의과대학생이 나를 찾아 연수를 왔었는데 슐리만이라는 이스라엘계 독일 학생이 기억난다. 슐리만은 한국 여성과 사랑에 빠져 결혼까지 했다. 당시 독일 의대생들 사이에 세브란스병원으로 연수를 가면 닥터 한이 맛있는 고기도 사주고 자전거도 태워준다는 소문이 퍼졌다고 한다. 그 맛있다는 고기는 개고기였다. 나는 소문난 애견가로, 군의관 시절 우리 부대 지휘관이 이 사실을 알고는 짓궂게도 간부 회식을 보신탕집에서 했다. 당시 분위기상 어쩔 수 없이 나도 개고기를 먹었다. 독일 의대생들이 한국에서만 맛볼 수 있는 맛있는 고기를 사달라기에 장난삼아 그들을 보신탕집에 데려갔는데, 맛을 들이더니 이후엔 노골적으로 개고기 먹으러 가자고 조르는 바람에 참 곤란했다.

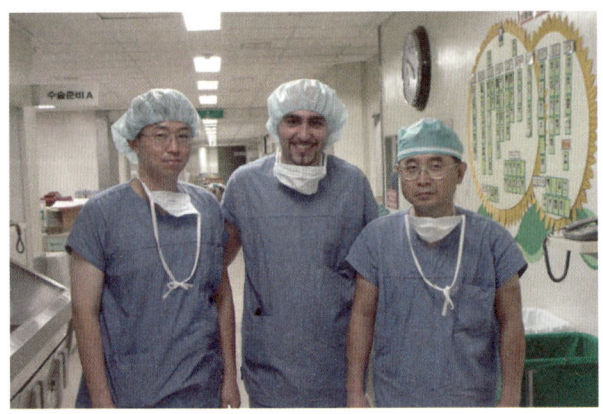

슐리만과 함께

엔젤스푼, 희귀난치성협회 캠페인 사진

가장 많은 수술을 하던 시절의 동료들

대통령 표창 수상

1987년에 군의관으로서 한 번, 2025년 연세대학교 교수로서 한 번, 총 두 번 대통령 표창을 받았다. 전두환 전 대통령은 손목시계에 자기 이름 석 자를 선명히 적어놓아서, 난 그게 싫었다. 시계를 통해 전두환을 떠올리게 되는 게 싫었던 것 같다. 그 때문에 나에게 푸대접받던 그 손목시계는 현재 어디론가 사라지고 없다.

이재명 대통령은 손목시계에 자신의 이름을 써 넣지 않고 그냥 '대한민국 대통령'이라고만 적어놓았다. 2025년 12월 24일 크리스마스이브에 대통령 내외분이 신촌 세브란스병원을 찾아 희귀질환 가족들에게 정책적 치료 지원 개선을 약속한 기사를 보았다. 새해에는 환아와 가족들에게 좋은 일이 많이 생기면 좋겠다.

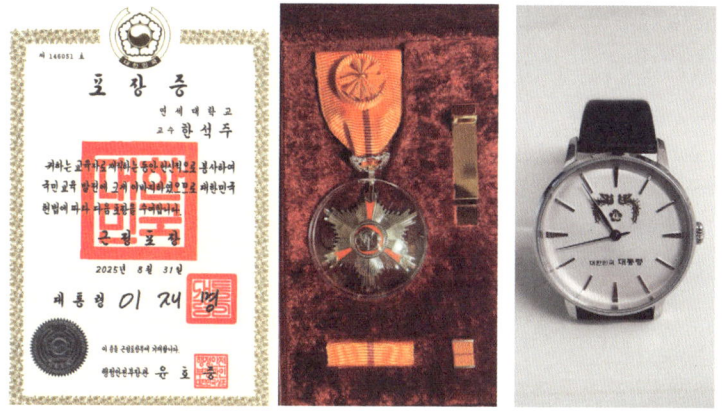

대한민국 대통령께 받은 포장증과 훈장 그리고 손목시계

역사 공부

　요즘 나이가 드는 것의 장단점에 대해 생각하게 되었다. 장점은 젊었을 때는 놓쳤던 사람의 마음을 간파하는 능력, 큰일도 덤덤하게 대처하는 여유, 문제의 핵심을 정확히 짚어내는 직관이 강해졌다는 것이다. 단점이라면 시간이 참 빨리 간다는 사실을 실감한다는 것이다. 어린 시절에는 하루가 길었는데 요즘은 빨리도 간다. 월요일인가 싶으면 금요일이다. 시간의 속도에 대한 아쉬움 때문인지 시간이 멈춰버린 역사의 한 장소를 찾아가 공부하는 날이 많아졌다. 원래 역사 공부를 좋아하기도 해서 왕릉을 찾아다니며 인물을 연구한다. 영월에 있는 단종의 장릉, 광해군과 임해군의 묘에서 인간사의 복잡함과 숙명에 대해 생각해 본다.

눈 쌓인 임해군 묘

내 생애 최고의 의사, 한석주 교수님

작고 노란 눈동자를 한 신생아를 품에 안고 세브란스 응급실에 들어섰던 순간을 저는 지금도 잊지 못합니다. 생전 처음 들어본 '담도폐쇄증'이라는 병명을 듣고 저는 부모로서 무력감과 두려움에 사로잡혀 한동안 아이를 끌어안고 울기만 했습니다. 세브란스병원 소아외과 한석주 교수님을 만난 뒤, 제 마음속에 처음으로 '희망'이라는 단어가 자리하기 시작했습니다.

"엄마, 이 질환이 결코 쉬운 질환은 아닙니다. 하지만 희망이 없는 질환도 아닙니다."

그 말씀은 절망의 벼랑 끝에 서 있던 저를 일으켜 세운 따뜻한 손길이었습니다. 아이는 카사이 수술을 받은 후 중환자실 치료를 거쳐 일반 병실로 돌아올 수 있었고, 제 품에서 아기가 다시 울음을 터뜨리던 순간 기적은 누군가의 진심과 헌신에서 시작된다는 사실을 깨달았습니다.

내 무릎 위에서 다시 우는 아이를 보며 비로소 정신을 차렸습니다. '살기만 해달라'던 기도는 '어떻게 하면 더 잘 돌볼 수 있을까' 하는 간호의 마음으로 바뀌었습니다. 하지만 담도폐쇄증은 쉬운 질환이 아니었습니다. 퇴원 직후 담도염이라는 합병증으로 여러 차례 입퇴원을 반복하게 되었기 때문입니다.

마침 간호사 선생님들께서 자발적으로 담도폐쇄증 환아들을 같은 병실로 옮겨주셨습니다. 담도염으로 입원하면 염증 수치가 정상화될 때까지 최소 한 달은 걸리니, 같은 입원실에서 서로 격려하며 아이를 돌보라는 뜻인 것 같았습니다. 우리는 그렇게 한 병실에 모여 서로 정보를 공유하고, 같이 논문도 찾아보면서 점차 '아무것도 모르는 엄마'에서 '공부하는 엄마'가 되어갔습니다.

큰 수술을 받은 아이를 건강하게 잘 키우기 위해서는 의료진의 전문적인 치료와 더불어 부모의 성공적인 예후 관리 경험을 공유하는 것이 절실했습니다. 지금은 담도폐쇄증으로 수술하면 예후 관리와 영양 관리까지 상담해 주는 시스템이 세브란스에 있지만, 당시만 해도 말 그대로 각자도생하던 시기였습니다. 한 병실에서 동병상련의 정을 나누게 된 부모들은 퇴원 후에도 의지하고 소통할 수 있는 공동체가 필요하다는 것을 깨닫고 교수님께 조언을 구했습니다.

2002년, 한석주 교수님의 뜻과 지원이 더해져 담도폐쇄증 환우회('담우회')를 결성하게 되었습니다. 환아 가족들에게 정확한 의학적 정보 제공이 필요하다며 교수님께서 직접 전문가를 초대해 주시기도 했습니다. 환우회에서는 그런 행사를 처음 주관하면서 식사와 다과 정도를 준비했습니다. 그런데 한석주 교수님께서 흰 봉투에 교통비를 담아 그분들에게 주시는 모습을 보게 되었습니다. 얼마가 들었는지는 알 수 없었지만 교수님의 진심과 헌신을 볼 수 있었고, 그 세미나에 점점 많은 환우 가족이 참여하게 되면서 절망 속에서도 우리는 희망을 찾아 함께 성장할 수 있었습니다. 이제 홈페이지에서 밴드로 자리를 옮겼고, 담도폐쇄증 수술 후 예후가 좋든 나쁘든, 세브란스나 그 다른 어느 병원에서 수술했든 상관없이 동병상련의 마음으로 정보를 공유하며 격려하고 있습니다.

한석주 교수님은 의사가 환자의 질병만을 치료하는 존재라는 고정된 생각을 깨뜨리신 분입니다. 교수님은 다른 어려운 질환의 환아들도 '사는 사람'으로 바라보셨고, 부모를 '함께 싸우는 동료'로 대해 주셨습니다. 아이의 좋은 수술 결과뿐 아니라 안정된 예후와 삶의 질 그리고 고통받고 절망하는 가족의 마음까지 살피는 그 진정성은 수많은 환아 가정에 희망과 용기가 되었습니다.

저희도 담도염으로 병원에 자주 입원하게 되면서 경제적인 문제로 어려움을 겪고 있었습니다. 제가 말씀드리기도 전에 경제적으로 어렵지 않은지 먼저 물어보셨던 분이 교수님이셨고, 함께 방법을 찾아보자고 하셨습니다. 2000년대 초 본인일부부담금 산정특례제도가 개정되던 때, 담도폐쇄증 환아들이 산정특례 혜택을 받을 수 있으면 좋겠다고 하시면서 환아 부모님들에게 탄원서를 작성해 모아보라고 하셨습니다. 이후 교수님께서 직접 작성하신 소견서와 타 의료진들의 추천서 등을 준비하여 과천에 있는 보건복지부까지 같이 방문하여 주셨습니다.

그 결과, 2004년에 담도폐쇄증이 희귀난치성질환으로 지정되어 당시엔 본인부담금 20%, 이후에는 10%로 경감되어 지금까지 수술비와 치료비 부담을 덜 수 있게 해주셨습니다.

교수님은 당시 만성 담도염으로 병원에서 항생제 치료를 위해 장기 입퇴원을 반복하던 환아가 병원에서 생활하지 않고, 일상생활을 하면서 항생제 치료를 병행할 수 있도록 자가항생제요법(HIVA)를 시도하셨습니다. 환아도 학교에 다니며 친구들이랑 어울리고, 가족들이 장기간의 병원 생활에 지쳐서는 안 된다는 교수님의 따뜻한 배려였습니다.

입원했을 때와 동일한 항생제를 집 안에서 투약하는 것이기 때문에 요양급여 처리를 했지만, 건강보험심사평가원에서는 이 약값을 비급여로 처리하고 불인정하였습니다. 이에 교수님께서는 불합리한 처사라며 이전 동일 건에 대해 병원 내에서 처방한 약은 급여 처리했던 선례를 들어 직접 행정소송을 진행하셨고, 결국 승소하셨습니다.

이 판례는 그 가정 하나만이 아니라 모든 만성 담도염 환아와 가족에게 지금까지 큰 힘이 되는 일화입니다. 진짜 환자 편인 의사, 진짜 환자를 사랑하는 의사, 그 가족의 삶까지 배려하는 의사가 바로 한석주 교수님이셨습니다. 환아를 위한 진정한 의료는 진료실 안에서만 완성되는 것이 아니라는 것을 교수님은 행동으로 증명해 오셨습니다.

선생님께서 소아외과를 선택하신 이유도 환아마다 상태 차이가 크기 때문에 맞춤형으로 수술 방법을 연구하고 시행해 보기 위해서라고 하셨습니다. 식도가 없이 태어난 아기들이 셋이라고 한다면, 한 명은 위 식도가 형성되지 않았고 한 명은 아래 식도가, 마지막 한 명은 전체가 형성되지 않은 상태로 태어나서 수술 방식 역시 저마다 달라야 한다는 것이었습니다. 환자 맞춤형 수술은 같은 수술을 반복하는 것과 달리 준비 과정에서 외과 의사 개인의 희생이 불가피합니다. 시간과 노력을 들여 한 환자를 위해 또 그 가족을 위해 기꺼이 가족과의 시간과 개인의 시간을 희생하셨습니다. 희귀질환 환아들이 교수님께 수술을 받았을 때 생존율이 높고 수술 후 예후가 좋다 보니, 매일 전국에서 환아를 안은 엄마들이 몰려들었습니다. 교수님께서는 오로지 아이를 살려야겠다는 일념으로 식사도 거르시고 종일 수술실에서 시간을 보내시게 되었습니다. 쉬는 날도 없이 특이 사례는 논문으로 남기며 전 세계 어딘가에 있을 환아들을 살릴 방법을 널리 알리신 분이 교수님이십니다.

과로와 스트레스, 불규칙한 식사로 몸무게가 100킬로그램까지 불어나고 혈당과 혈압에 문제가 생겨, 환우회 안에서도 교수님의 건강을 걱정할 정도였습니다. 그때 교수님께서 건강하셔야 더 많은 환아를 살려주실 수 있다고 말씀드렸는데, 환자에 대한 책임감으로 운동을 시작하여 체중을 감량하시는 모습에 환우회에서 역시 교수님이라며 감탄했던 기억도 납니다. 교수님께서는 해외 의료진과도 소아 희귀난치성질환에 대한 정보를 교류하고 수술법을 공유하여 1년에 수백, 그간 수만의 환아를 살린 국내 최초, 최고, 유일의 소아외과 교수셨습니다. 특히 담도폐쇄증 분야에서는 세계 일인자이십니다.

교수님의 삶의 기록인 <내 생애 최고의 수술>은 단순한 책이 아닙니다. 생명을 향한 치열한 신념과 생명 하나도 절대 포기하지 않았던 한 외과의의 역사이며, 의술을 넘어 인간 존엄을 지켜온 한 외과의의 발자취입니다. 저는 환우회를 결성하고 회장직을 맡아 그 여정을 곁에서 22년

이상 지켜본 사람으로서, 이 책이 단 하나의 생명도 가볍게 여기지 않는 진짜 의사의 모습에 대한 생생한 기록임을 증언합니다.

희귀·난치성질환이라는 어두운 터널 속에서 길을 잃은 가족들에게 한석주 교수님은 의사이기 이전에 희망의 안내자였습니다.

"의료에서는 편한 길보다는 어려운 길을 선택하는 게 옳을 때가 많습니다. 힘들지만 지혜와 용기가 남거든요."

사람들은 누구나 자신의 인생에서 기적이 일어나기를 바랍니다. 특히 자신이나 가족이 불치병에 걸려 죽음을 앞두게 되었을 때라면 더욱 간절히 기적을 바랄 것입니다. 저는 교수님을 만나 죽음의 문턱까지 갔던 자식을 살리는 수술을 받을 수 있었고, 인생에서 가장 큰 기적을 만난 이후 새로운 삶을 살게 되었습니다.

저는 아직도 교수님만 생각하면 울컥합니다. 어떻게 그렇게 평생을 한결같이 환자와 그 가족을 위해서, 그들과 함께 시간을 나누며 살아가실 수 있는지 감동할 뿐입니다. 그래서 저도 그 기적 안에 살기 위해 환우회를 이끌고 있고, 이제는 (사)한국희귀·난치성질환연합회의 사무국장을 맡아 희귀질환이라는 어려운 질병과 싸우는 환아와 가족에게 도움이 될 수 있는 일을 하고 있습니다.

저는 감사하게도 20여 년간 담우회를 이끌면서 교수님께 찾아간 수많은 환아가 수술로 생존하는 수많은 기적을 듣고, 함께 감사하는 행운을 누리며 살고 있습니다. 살면서 힘든 일이 있을 때마다 제가 만난 기적을 떠올리고 희망과 용기를 충전하여 살고 있습니다.

사람이 꽃보다 아름답다는 말이 있습니다. 교수님께서는 모든 생명을 꽃처럼 아름답게 대해 주셨습니다. 살아 있기에 아름답고 또 소중한 존재로 말입니다. 이 책을 통해 만나게 된 여러분도 모두 아름다운 꽃입니다. 여러분도 저처럼 교수님께서 세상에 되살려 놓으신 생명과 희망의 향기를 깊이 느끼며, 일상의 순간순간 기적을 만나시기를 진심으로 바랍니다.

2002년 9월 담도폐쇄증 환우회 결성

전 담도폐쇄증 환우회 단체장

현재 (사)한국희귀난치성질환연합회 사무국장

방현진

나가며_기획자의 말

    한석주 교수님을 처음 알게 된 것은 2008년 4월 24일 교수님의 홈페이지를 통해서였다. 그 날짜를 잊지 못하는 이유는 그날이 내 인생에서 가장 절망적인 날이었기 때문이다. 2008년 3월 7일에 태어난 나의 아들은 불행히도 교수님의 홈페이지에 소개된 신생아 담도폐쇄증 증세를 보였다. 혈액검사에서 빌리루빈 수치가 정상 이상으로 높고, 겉으로 보기엔 건강하고 잘 자라지만 회색 변을 보고, 태어나서 40일이 되는 동안 황달이 빠지지 않고 계속 심해지고 있었다.

    그런 증세를 보이는 이유도 홈페이지에 정확히 쓰여 있었다. 간에서 담즙이 빠지는 통로인 담관이 막힌 담도폐쇄증이 원인이고, 현재 간에는 담즙이 쌓여 경화되고 있으므로 생후 60일 이전에 담관을 연결하는 카사이 수술을 시행해야 한다고 말이다. 수술이 성공했을 때 생존율은 33%, 나머지 33%는 죽고, 33%는 간이식을 해야 한다고 적혀 있었지만, 당시만 해도 간이식 성공률은 높지 않았다. 한 줄 한 줄 글을 읽을 때마다 소름이 끼치고 머리카락이 쭈뼛쭈뼛 서는 기분이었다. 교수님 홈페이지의 글을 수십 번 반복해 읽고 나서야 선명하게 이것이 나의 현실이 되었음을 알 수 있었다.

홈페이지 한쪽에 적힌 '담우회'라는 환우회 소개와 회장님의 휴대폰 번호가 눈에 들어왔다. 시계를 보니 밤 1시가 넘었는데 정말 아무 생각 없이 그 밤에 전화를 걸었다. 여성의 친절한 목소리가 귀에 울렸다. 방현진 회장님이었다. 그 늦은 시각에도 전화를 받아주셨고 횡설수설하며 울먹이던 내 말을 끝까지 들어주시고는, 자신은 의사가 아니며 환아 엄마라고 하셨다. 나는 바로 질문했다.

"아기는 살아 있나요?"

"네! 수술 잘 받고 잘 자라고 있습니다."

그 말을 듣자 목이 메고 눈물이 쏟아져 더 말을 잇지 못했다. 방현진 회장님은 교수님 휴대폰 번호를 알려주시며 직접 아이 상태에 대해서 문의해 보는 게 좋겠다고 하셨다. 전화를 끊은 나는 더 기다릴 수 없었다. 염치없이 그 시각에 교수님께 문자를 드렸는데, 잠시 후 전화가 왔다. 그 밤에 아이 상태와 변 색깔 등을 구체적으로 내게 물어보신 교수님께서 말씀하셨다.

"내일 아침 7시 30분에, 응급실로 들어오세요."

난 전화를 끊고 얼떨떨했다. 내가 그 늦은 밤에 어떤 결례를 범한 것인지 헤아리지도 못하고 염치도 없이 그냥 내일 병원에 가서 교수님을 만나야 한다는 생각뿐이었다. 짐을 챙기고, 남편이 큰아이를 돌봐야 해서 나 혼자 아들을 안고 새벽에 집을 나섰다. 아침 7시 30분에 세브란스병원 응급실 앞에 도착했는데 자동문이 열렸다. 그곳에 교수님께서 의료진들과 함께 서 계셨다. 그 자리에서 교수님께 아이를 보이고 입원 절차를 밟았고, 당일 응급으로 각종 검사를 받을 수 있었다.

간경화가 빠르게 진행되고 있어서 수술은 한시가 급했다. 그렇게 2008년 4월 24일에 입원해서 4월 30일 아침 7시에 수술실에 들어간 어린 아들은 오후 5시가 되어서야 수술을 마치고 밖으로 나왔다. 얼굴보다 큰 산소호흡기를 달고 중환자실에 3일 있다가 일반 병실로 내려왔을 때 아이를 품에 안고 얼마나 울었는지 모른다. 다행스럽게도 아들은 수술 이후 간이식 없이 현재까지 잘 자라고 있다. 수술 직후 황달이 사라지지 않아 절망하던 내게 병동 간호사 선생님이 하신 말씀이 아직도 생각난다.

"10년 전만 해도 손도 못 써보고 죽었을 애들이에요. 교수님이 살려놓으신 거죠! 살아 있는 게 기적이라니까요."

당시에는 그 '죽었을 애들'이라는 말이 참 냉정하고 시리게 들렸는데, 살아가면서 그게 얼마나 기적 같은 말인지 새삼 깨닫게 되었다. 그 일로 우리 가족은 아기가 태어나고 성장하고 함께 밥을 먹는 순간이 결코 당연한 것이 아님을 매시간 느끼며 살게 되었다. 가족이 함께하는 하루하루, 그 평범한 일상이 얼마나 큰 축복인지 비로소 알게 되었다. 한석주 교수님은 내 아이의 생명을 살려주셨을 뿐 아니라, 우리 가족을 살려주신 은인이시다.

수술 이후 6개월에 한 번씩 병원에 정기검진을 갈 때마다, 수많은 환아가 신촌 세브란스 어린이병원 1층을 변함없이 가득 메우고 있었다. 교수님께 수술을 받고 이후에 정기검진을 받는 환자가 워낙 많기도 했지만, 교수님께서 유독 검사 결과를 꼼꼼하게 봐주셨기 때문이다. 예약 시간이 무색하게 진료는 90분 지연 상태였다. 하지만 그곳에 있는 그 누구도 진료 시간 지연에 불만을 표출하는 이가 없었다. 교수님께 온 환아들은 대체로 큰 수술을 받았거나 앞둔 소아 환자였고, 희귀질환을 앓고 있는 경우, 개인별 특성이 달라서 교수님과의 충분한 개별 상담이 필요한 환아라고 알고 있었다.

교수님께서는 수술 후 예후가 좋은 아이보다는 예후가 안 좋은 아이를 더 많이 기억하시고 신경 써주셨다. 점심시간이 한참 지났는데도 정성스럽게 검사 결과를 설명해 주시고, 이전 검사 결과와도 꼼꼼히 비교해 주시던 교수님의 모습이 아직도 눈에 선하다.

2025년 2월 22일 한석주 교수님의 퇴임 연회가 있었다. 그 자리에는 교수님께 수술을 받은 아이들과 그 가족들도 함께했다. 교수님의 손길로 절망에서 희망을 찾은 사람들이었다. 교수님의 퇴임사를 들으며 그간 소아외과 교수로 걸어오신 길을 책으로 남겨드리면 좋겠다고 생각했다. 본래 나는 책을 만드는 사람이고, 내가 할 수 있는 일로 교수님께 의미 있는 보답을 하나라도 해드리고 싶다는 생각이었다. 그런데 퇴임 이후 서울고등법원에서 근무하시게 되었다는 말씀을 들었고, 새로운 환경에서 적응 기간이 필요하시리라 생각하면서 몇 달을 그냥 기다렸다.

2025년 7월, 교수님께 의사로서 걸어오신 삶의 기록을 책으로 만들어 보고 싶다고 메일을 드렸다. 당시 최초 기획서의 책 제목은 <절망에서 희망으로>였다. 우리 가족뿐 아니라 수많은 가족, 환아의 삶을 절망에서 희망으로 바꿔준 은인이시기 때문이다. 교수님께서는 법원에서 사건기록을 보면서 예전 기억이 떠올라 한 번 원고로 정리해 두고 싶으셨다며 진행에 동의해 주셨다. 당시에 나는 법원 사건기록이 평생 의사로서 살아오신 교수님과 어떤 관련이 있는지 잘 몰랐다.

하지만 원고가 완성되면서 교수님께서 소아외과 의사로서 많은 수술과 연구로 생명을 살리는 데 앞장서셨을 뿐 아니라, 사회 제도적인 수술에도 큰 역할을 하셨다는 사실을 알게 되었다. 교수님의 위대하고 빛나는 발자취를 세상에 잘 전하기 위해서 법무법인 수오재 박경란 변호사님의 조언을 구했다. 본문을 끝까지 검토하신 변호사님께서 말씀하셨다.

"사람들에게 희망과 용기를 주는 정말 좋은 이야기네요."

교수님의 이야기가 세상에 희망과 용기를 전하는 책으로 독자와 만나기를 바라며 편집을 마무리한다. 이 소중하고 가치 있는 이야기를 내 손으로 세상에 알릴 기회를 주신 교수님께 진심으로 감사드린다.

<내 생애 최고의 수술>은 교수님의 일대기를 정리한 책이지만, 나에게는 내 생애 최고의 수술로 아이의 목숨을 살려주시고, 동시에 우리 가족을 살게 해주신 은혜로운 의사 선생님의 이야기다. 진심으로 환자 편이었던 한 외과 의사의 용기와 열정이 만들어간 기적들이 이 세상에 얼마나 선한 영향력을 끼치고 있는지 느낄 수 있기를 바란다.

기획자, 환아 엄마

변문경